CELWYDD NOETH

I Siôn, Gruff, Swyn a Tirion,
ac i holl athrawon Cymru sy'n dal i gredu.

CELWYDD NOETH

Heiddwen Tomos

y Lolfa

Diolch o galon i'r Lolfa, Cyngor Llyfrau Cymru, Meinir a Teleri am eu gwaith a'u cefnogaeth arbennig. Diolch hefyd i Tirion am y lluniau.

Nofel sy'n cynnwys themâu heriol gan gynnwys hunananafu, all achosi pryder i rai.

Argraffiad cyntaf: 2025

Cynllun y clawr: Sion Ilar

Rhif Llyfr Rhyngwladol: 978 1 80099 696 0

Dymuna'r cyhoeddwyr gydnabod cymorth ariannol Cyngor Llyfrau Cymru

Cyhoeddwyd ac argraffwyd yng Nghymru
ar bapur o goedwigoedd cynaliadwy gan
Y Lolfa Cyf., Talybont, Ceredigion SY24 5HE
e-bost ylolfa@ylolfa.com
gwefan www.ylolfa.com
ffôn 01970 832 304

Lluniau

'Y TWAT!' SAETHODD y geiriau o ddannedd Gwen. 'TI 'DI SBWYLO 'MYWYD I... FI'N CASÁU TI AM HYN!'

Sgrechiodd. Safodd yn ei hunfan gan syllu ar Osian. Cochodd llygaid Gwen a gadawodd i don o ddagrau olchi i lawr ei bochau. Roedd bywyd Gwen yn berffaith fel arfer. Ond heddiw roedd y byd i gyd wedi twmblo ben i waered a'r ysgol gyfan yn siarad amdani. Siarad cas. Chwerthin cas... ac yn fwy na hynny roedd arni gywilydd. Cywilydd? Ie, efallai fod ychydig bach o hwnnw erbyn hyn yn llosgi ym mherfedd Osian hefyd, wrth wylio Gwen, ei gyn-gariad, yn gweiddi. Ond dim ei fai e oedd y cwbwl.

Roedd y bois wedi cael gafael ar ei ffôn ac wedi dod o hyd iddyn nhw. Y lluniau. Lluniau nad oedd i fod mynd ymhellach na... Syllodd Osian ar wyneb coch Gwen a'i llygaid yn poeri mellt ato. Cydiodd yn ei wallt a'i rwygo gymaint gallai. Roedd hi fel cath wyllt, ei hewinedd a'i dannedd yn ysgyrnygu rhwng y dagrau a'r dolur o gael ei bradychu.

'Fi'n sori, reit!' gwaeddodd. Ymbiliodd.

'Sori! Sori?' Syllodd Gwen arno. 'Sda ti ddim syniad, oes e?! 'Nest ti addo... mai rhyngon ni o'dd y llunie 'na!'

'Do, ond —'

''Nest ti addo i fi. Wedest ti, "Ni'n caru'n gilydd" ac o'n i'n caru ti hefyd. A 'na beth ma pobol sy'n caru ei gilydd yn neud!'

Syllodd y ddau yn fud ar ei gilydd. Gwen yn ei dagrau ac Osian a'i ben yn isel, yn difaru iddo erioed ofyn am ddim.

Bu'r ddau yn 'caru' am ryw fis, ac roedd yn fis i'w gofio i Osian. Y mis gorau erioed. Y mis cafodd ei ddewis i chwarae rygbi dros y sir. Y mis iddo gael treialon ar gyfer tîm y Scarlets, a'r mis pan ddaeth 'Miss, dwi'n gwisgo bra am fod 'da fi fronnau' – AKA yr arch-ast ei hun, Gwen – i rannu mwy na chusan gydag e.

Cydiodd Osian yn ei breichiau i'w harbed rhag gwneud rhagor o niwed iddo.

'Nawr, stop, ocê? Fi'n sori! Fi'n SORI, wedes i!'

'Na, paid ti gweud sori, achos os byddet ti'n sori fyddet ti ddim 'di neud e!'

'Tomos na'th e, ocê? *Fe* fenthycodd fy ffôn i. O'n i ddim yn gwbod bod e 'di gweld... ti'n gwbod, pethe. O'n i ddim yn...'

'O, chware teg iti. Druan bach â ti. O't ti ddim yn gwbod dim, o't ti? Wel, ma'r ysgol i gyd yn gwbod nawr. Pawb 'di gweld nhw. Pawb 'di gweld... popeth. Achos TI!'

Suddodd Gwen i'r llawr yn un swp o ddagrau. Sychodd ei thrwyn â'i llawes. Roedd ei cholur welwch-chi-fi i gyd yn llithro oddi ar ei hwyneb gan adael dim ond croen llwyd lle arferai fod yn felynfrown.

Mentrodd Osian eto. Gwyddai fod bai arno. Roedd ei galon yn ei esgidiau. Digwyddodd y cyfan mor glou. Roedd y dechrau a'r diwedd mor sydyn â'i gilydd. Ac erbyn meddwl, pwy oedd ar fai? Ie, Gwen. Hi fynnodd eu hanfon ato. Wrth gwrs roedd yntau'n ddiolchgar. Pa fachgen un deg chwech oed fyddai ddim yn ddiolchgar o gael gweld pethau nad oedd ond wedi dychmygu drwy flowsen haf neu dop nos Sadwrn. Roedd Gwen yn... aeddfed. Fel hynny mae merched, medden nhw. Profiadol hefyd. Yntau'n ddyn y foment a hithau'n gweld cyfle i... Na! Roedd y cwbwl drosodd erbyn hyn, beth bynnag.

'Odi dy dad yn gwbod?' mentrodd Osian.

Closiodd Osian ryw damaid eto ati. Teimlodd gysur o feddwl nad oedd ei thad yn gwybod. Eto. Tawelwch.

'O't ti'n meddwl e? Beth wedest ti gynne am...' mentrodd ofyn.

'Am beth?' poerodd hithau wrth sychu deigryn.

'Bod ti'n caru fi?'

Cododd Gwen ei golygon ac edrych arno â chymysgedd o gasineb a siom. Ysgydwodd ei phen. Teimlodd ei bod wedi cael ei bradychu. Teimlodd ryw gyllell o frad yn rhacso ei thu mewn. Sut oedd modd iddi fod yn hi ei hun o hyn ymlaen? Roedd pawb yn y flwyddyn, pawb yn yr ysgol wedi gweld erbyn hyn. Wfftiodd e. Torrodd ei chalon a llefen unwaith yn rhagor y tu ôl i gledrau ei dwylo.

'Sori, alla i sorto hyn, ocê?'

'Paid, reit! Ti 'di neud digon o gachfa yn barod. 'Sot ti'n gweld?? Ti rhy blydi dwp i weld beth ti 'di neud i fi.'

'Paid llefen, Gwen, c'mon. Alla i sorto hyn, ocê?'

'Shwt? Hy! Shwt ddiawl wyt ti'n mynd i neud unrhyw beth? Ma'r llunie 'di mynd fel feirys o un i'r llall. A ti'n gwbod shwt ffindes i mas? Hy? Wyt ti? Blydi Efa Gwyn o bawb. Efa Miss Goody Two Shoes. Ti'n gwbod faint fi'n hêto honna. Hi a blydi Cai. Dy ffrind gore di! A ti'n gwbod beth o'dd mwya crap? O'dd *hi* yn edrych yn sad, ie, yn sad drosta i. Fel 'se hi'n teimlo... beth yw'r gair 'na... cydym-blydi-deimlad. *Genuine*! O'dd hi'n edrych fel 'se hi rili'n teimlo drosta i! Hi o bawb.'

Rhwbiodd Osian ei dalcen. Gwyddai mai Tomos oedd wedi anfon y lluniau at Cai (a phawb arall), a Cai wedyn wedi eu dangos i Efa.

O bellter, gwelodd y ddau'r 'Merched' yn dod tuag atyn nhw. Roedd pob un wedi gweld y cwbwl. Gallai Gwen deimlo'u llygaid yn ei beirniadu, yn chwerthin am ei phen. Mentrodd Ffion agor ei cheg, ond chafodd hi ddim cyfle i siarad. Roedd llygaid Gwen fel dwy gyllell.

'Cerwch o 'ma! 'Sech chi'n unrhyw fath o ffrindie fyddech chi 'di gweud wrtha i neithiwr, yn lle gadel i fi ddod i'r ysgol a ffindo mas drwy Efa!'

Rhwng y rholio llygaid a'r plethu breichiau, diflannodd y merched gan adael Gwen yn wyllt gacwn.

A hithau bellach ym Mlwyddyn 10, ysai Gwen am gael gorffen ysgol. Cael mynd o'r twll hwn.

Teulu

Roedd mam Efa a'i chwaer fach Siriol yn cysgu'n sownd ar y soffa erbyn i Efa gyrraedd adref o'r ysgol. Er gwaethaf pob disgwyliad roedd ei mam wedi gwella'n rhyfeddol. Dywedodd y doctoriaid ei bod yn gwella'n iawn ar ôl y llawdriniaeth. Ond yn fwy na hynny, roedd ei mam yn benderfynol o fyw. Gwyddai Efa hynny. Gwyddai hynny ym mêr ei hesgyrn. Lledodd blanced o gysur dros Efa, a bob yn dipyn teimlodd ei hun yn dechrau credu hynny. Roedd yn rhaid i'w mam fyw. Roedd yn rhaid iddi.

'Mam?' Wrth agor drws y ffrynt aroglodd Efa gymysgedd o arogleuon babi. Roedd ei chwaer bron yn flwydd, a'r flwyddyn honno'n profi bod ei mam yn gwella bob dydd. Bob wythnos. Bob mis. Diolchodd Efa am hynny.

Yn aml, a hithau ar fin cysgu, byddai'r hen deimlad cas hwnnw'n cerdded drosti. Y teimlad o golli ei mam. Ond na, roedd hynny fisoedd yn ôl ac roedd ei mam yn benderfynol o gryfhau. Ffysian fyddai ei thad o hyd, ffysian am bopeth.

Cododd ei mam ei golygon cwsg. Dal i gysgu wnaeth Siriol.

'Efa? 'Co, cymer hon.'

Cydiodd Efa yn y corff bach cysglyd a theimlo ei chynhesrwydd yn suddo i'w chorff ei hun. Aeth i eistedd yng nghadair freichiau ei thad.

'Shwt a'th hi, gwed?'

'Gwd… popeth yn gwd!'

'Fi'n falch,' meddai wrth godi.

'Be sy i swper heno?'

Ers y driniaeth, roedd mam Efa wedi dechrau ar fwyta'n iach o ddifri.

Sudd llysiau. Fitaminau. Awyr iach. Roedd y cypyrddau bwyd wedi newid yn gyfan gwbwl a bil y siop organig yn y dref yn anferth. Credai ei mam yn gryf yn y deiet newydd a phrin erbyn hyn fyddai unrhyw un ohonyn nhw yn bwyta rwtsh.

'Dy dad yn meddwl mynd i'r môr 'da fi. Fe wna i swper ar ôl dod 'nôl. Ti moyn wâc fach?'

'Beth, Dad… yn meddwl mynd i nofio… yn y môr?'

Gwenodd Efa. Roedd y flwyddyn ddiwethaf wedi newid pawb. Methai Efa gredu bod ei thad yn awyddus i nofio yn y môr. Dyn eistedd o flaen y teledu oedd e fel arfer. Dyn peint bach o gwrw a slipers tad-cu.

'Ie, iawn, fe ddof i… ond sai'n addo mynd mewn. Mae'n fis Ionawr, Mam.'

'Iawn, fe gei di gadw llygad ar dy chwaer fach. Fe wisga i hi'n gynnes a bydd hi wrth ei bodd. Awel y môr. Falle gysgith hi drwy'r cwbwl.'

'All Cai ddod 'da ni?'

Lledodd gwên ar draws wyneb ei mam. Roedd y bachan Cai yma wedi bod yn dipyn o gwmni iddi. Cododd ei mam ei haeliau cyn pryfocio.

'Diawch erio'd, 'sot ti 'di gweld e ddigon yn yr ysgol heddi, gwed? Mowredd, bydd pobol yn dechre siarad. Pethe'n dechre poethi, weden i?'

'Mam achan, *for god's sake…*'

'O, dim ond tynnu dy goes di!'

'Ie wel, peidiwch.'

'Ie, ie, gwed wrtho ddod os yw e moyn. Fe ewn ni heibio mewn hanner awr. Os na ewn ni'n glou bydd hi'n rhy dywyll i ni fynd a does dim lleuad heno.'

Roedd ei mam wrth ei bodd yn mynd i'r môr berfedd nos. Criw ohonyn nhw yn mentro i'r tonnau yng ngolau lleuad. Menywod o bob siâp yn y byd ac ambell ddyn.

'A ble ma'n *lucky ladies* bach i? E?'

Yn sŵn i gyd, pwy ddaeth drwy'r drws ond ei thad. Tynnodd ei got waith oddi amdano'n sgaprwth.

'A, 'co nhw! A ble mae gorjys fach Dadi, e?'

Cyn i neb gael amser i symud roedd ei thad wedi cydio yn y bwndel bach cynnes o freichiau Efa a'i chario'n dawel i'w gôl ei hun. Eisteddodd yno yn siarad babi, yn maldodi, yn cusanu.

''Co hi ch'wel, 'co hi. Babi pwy wyt ti, e? Ie, babi Dadi. Babi Dadi… babi Dadi…'

'Wel, dere, neu bydd hi'n rhy dywyll i ddim.'

'Diawch, rho funud i fi gael gweld Siriol fach. Af i mewn yn fy mhants, paid ti becso dim amdana i.'

Teimlodd Efa gywilydd.

'Dad, allwch chi ddim mynd mewn yn eich pants, ma Cai yn dod 'da ni.'

'Ooo! Well i fi siafo 'nghoese hefyd 'de, os yw hwnnw'n dod.'

Pam mae angen i rieni fod mor *embarrassing*, meddyliodd Efa. Roedd ei thad yn gorfod gwneud rhyw jôc o hyd neu adrodd rhyw storis amdano'n ifanc, pan oedd e'n cŵl ac yn hip ac yn un o'r bois. Cofiodd amdano yn cynnig hyfforddi'r tîm rygbi merched. Cochodd wrth gofio amdano yn ceisio bod 'down with the kids' gyda'i eirfa. Doedd dynion dros eu hugeiniau ddim i fod i ddefnyddio geiriau plant ysgol fel 'cŵl' neu 'amazeballs'.

'*For god's sake* Dad, os chi'n mynd i neud ffys, sai'n dod, reit.'

'O, hei nawr, dere, Efa fach. Wy'n addo gweud dim byd. Fe fydda i'n hollol *chilled*. Hollol cŵl. Bydd Cai bach yn joio 'nghwmni i.'

'Ddim dy gwmni di ma fe moyn.'

Rowliodd Efa ei llygaid. Hen bethau od oedd rhieni.

☆

Ymhen yr awr roedden nhw'n barod i fynd.

Neidiodd Cai i'r sedd gefn. Roedd Efa yn eistedd yno yn barod, yn bwydo banana i'w chwaer fach oedd wedi hen ddeffro erbyn hyn o gynnwrf y wâc i lan y môr.

Cochodd Efa o'i weld a gadael i awel ei arogl lenwi'r

car. Bu bron i'w thad bryfocio, ond gwelodd hwnnw lygaid bygythiol ei mam.

'Shwt ti?' gofynnodd. Gwenodd Efa. Byddai mynd i dawelwch Cei yn oerfel Ionawr yn iechyd iddyn nhw i gyd. Byddai Efa wrth ei bodd ar lan y môr ym mhob tywydd, ond roedd gwacter y traeth yr adeg yma o'r flwyddyn yn dipyn gwell. Prin fyddai neb yno heblaw ambell berchennog â'i gi.

Wedi tynnu oddi amdanyn nhw, gwyliodd Efa a Cai wrth i rieni Efa garlamu am y tonnau. Sgrech a chwerthin dwl wedyn cyn iddyn nhw ymbellhau i ganol y dyfnder.

Eisteddodd Siriol fach yn gynnes yn ei siwt a gwelodd Cai ei gyfle. Llaw yn gyntaf, yna chwtsh. Roedd wedi ysu am wneud hynny ers achau, ond roedd twrw'r bois wedi gwneud pob dim yn lletchwith. Gwasgodd Efa ei hwyneb i'w war ac anadlu ei bersawr. Ei hanrheg Nadolig iddo. Roedd hi'n siŵr o hynny.

Roedd hi mor hapus. Roedd cael bod yn ei gwmni mor rhwydd erbyn hyn. Doedd dim angen chwilio am eiriau na phoeni. Gwthiodd y ddau Siriol fach yn ei phram ar hyd y tywod llaith ac aros tan i geg y môr daflu dau yn ferw oer ohono.

Gwen

9.45pm:

Gwen, gwranda.

YSGRIFENNODD EFA'R NEGES ddeg gwaith cyn ei dileu. Methai gredu ei bod yn teimlo gymaint o drueni dros Gwen.

9.46pm:

Gwen, paid â meddwl mai mas o sbeit wedes i wrthot ti ond…

Dileodd y neges eto.

9.47pm:

Fel ffrind…

Na, doedden nhw ddim yn ffrindiau, a dweud y gwir. Doedd Gwen ddim yn ferch neis. Cofiai Efa fel y byddai wrth ei bodd yn gwneud iddi deimlo'n lletchwith, ei gadael mas o bopeth, ei thrafod y tu ôl i'w chefn. A nawr, gyda'r ysgol gyfan yn trafod Gwen – Gwen fach berffaith, Gwen fach bert – gallai Efa wneud dim ond teimlo drosti.

Slag
Slwten

oedd hi heddiw.

Hyd yn oed â phob un oedd werth ei adnabod yn barod iawn i chwerthin am ei phen.

Doedd Osian a Gwen heb ddweud gair ers sawl wythnos. Ond roedd rhannu lluniau ohoni wedi lledaenu llygaid pawb.

Ac yn lle rhannu yn y chwerthin, teimlodd Efa ryw dristwch.

9.50pm:

Gwen. Os ti moyn chat, rho wbod.

Pethe ddim yn rhwydd fi'n gwbod.

Anfonodd Efa'r neges heb feddwl mwy. Doedd hi ddim yn disgwyl ateb. Doedd Gwen a hi ddim wedi siarad mewn gwirionedd ers iddi hi fusnesa yn ei pherthynas â Cai. Ond wedyn, hebddi, fyddai Cai a hi heb fynd mas gyda'i gilydd yn y lle cyntaf.

Cododd Efa i gau drws ei hystafell wely.

Wrth iddi eistedd ar ei gwely clywodd dinc y ffôn. Cai oedd yno. Roedd twrnament ym Mharc Rhoslyn cyn hir ac roedd e wedi cael ei ddewis i fod yn gapten ar y tîm. Lledodd gwên dros ei hwyneb. Roedd hi mor falch drosto. Doedd tîm y merched heb gyrraedd Rhoslyn eleni. Pe baen nhw, byddai hithau wedi cael mynd hefyd. Ond doedd dim ots gan Efa. Roedd hi'n hapus am ei fod e'n cael cyfle i ddangos ei ddoniau, ac efallai y byddai hyn yn ddechrau ar rywbeth. Breuddwydiai am gael mynd i astudio yn Hartbury y flwyddyn nesaf, ac wedi hynny, pwy a ŵyr. Roedd Cai yn chwaraewr da. Roedd e'n gyflym.

Anfonodd Efa lun ato. Gwaith ysgol. Ych. Gwaith ysgol o hyd ac o hyd. Prin fod ganddi amser i orffen y gwaith cwrs Hanes, cyn bod mwy o waith Maths a Saesneg a Cem. Ych. Roedd hi yn casáu Cemeg. Yr athro oedd ar fai. Pam na allai hi gael gwersi Chwaraeon drwy'r dydd? Byddai hi a Cadi wrth eu boddau'n cael chwarae rygbi drwy'r dydd. A byddai hyd yn oed rhedeg traws gwlad yn llai poenus na Maths.

Roedd Efa ar fin codi i nôl bach o de, pan sylwodd ar y ffôn yn goleuo eto.

Gwen oedd yno. Disgwyliodd Efa gael rhyw dynerwch oddi wrthi a hithau wedi ffwdanu bod yn garedig ati. Ond na, Gwen oedd Gwen.

10.00pm:

Piss off reit, sdim ise ti a dy sympathy arna i.

Meddyliodd Efa ei hateb. Ond doedd dim iws i hynny. Gadwodd y neges ar agor a llithro lawr y grisiau i nôl ei the.

Mr Llew

DRANNOETH YN YR ysgol roedd Mr Llew yn llawn sŵn wrth wneud y gofrestr ben bore.

'Heulyn?'

'Jake?'

'Morgan?'

'Gwen? Unrhyw un 'di gweld Gwen?' Lledodd ton o chwerthin tawel.

'Gwen? Na?' Cododd Mr Llew ei olygon i fesur gwerth y chwerthin. Mentrodd holi, 'Oes ymarfer Urdd neu rywbeth? E? Neb 'di gweld Gwen?' Ton arall o chwerthin o dan anadl – oedd, roedd pawb *wedi* gweld Gwen. Doedd Mr Llew heb ddeall. 'Teams? Oes rhywbeth ar Teams? Na… *nope*?'

Roedd Mr Llew yn athro cŵl a bob nawr ac yn y man, i fod yn hollol cŵl, byddai'n taflu ambell air fel 'nope', neu 'whatever' i mewn i'r sgwrs. Gwenodd Efa. Cofiodd am ei thad. Roedd yntau hefyd am fod yn cŵl. Ymdawelodd y dosbarth. Parhaodd â'r gofrestr.

Safodd Mr Llew yn wên o glust i glust am funud. Gwên gynta'r bore. Yn ôl y sôn roedd wedi cael cynnig peth gwaith fel ecstra ar *Pobol y Cwm*. Dyn yn y dafarn oedd e fel arfer, ond bellach, roedd e'n ddyn â geiriau. Brawddeg, bron. Ac roedd hynny'n teilyngu mwy o arian. Gallai Mr Llew ddychmygu ei hun yn ymddeol. Gadael holl stres yr ysgol a throi'n actor llawn amser. Pwy a ŵyr, roedd popeth yn bosib.

'Wel, ma popeth yn bosib ond i chi roi meddwl ar waith. *Head in the game*, ife, bois bach!' Chwarddodd Mr Llew ar ei jôc ei hun. Doedd neb wedi sylwi.

'Reit!! Dim Gwen 'de… Ab-senn-ol. Y cod cywir yn ôl y swyddfa yw… N… *no reason yet given*.' Clywodd Efa glic-clic ei fysedd ar y cyfrifiadur. Clywodd don arall o chwerthin yn lledu ar hyd y dosbarth. Gwen oedd testun trafod pawb heddiw eto. Byddai wedi bod yn anodd iddi wynebu'r cyfan. Deallodd Efa hynny. Ond roedd hi wedi gwneud ymdrech i gysylltu â hi. Ac roedd hynny'n fwy na gweddill yr hen griw.

Pwtiodd Cadi ei braich. Roedd Cadi yn ffrind. Roedd hi hefyd yn solid.

Sibrydodd, 'Gormod o gas 'da hi ddod mewn, ynta! Blydi Miss Sbeng! Mr Llew yn holi oes rhywun 'di gweld Gwen – ha, ma PAWB 'di gweld Gwen.' Chwarddodd.

'Oes, ti'n iawn… pawb 'di gweld y llunie.'

'Sai 'di gweld nhw, ond fi 'di clywed digon,' mentrodd Cadi. 'Welest ti?'

Cochodd Efa. Roedd Cai wedi awgrymu wrthi. Nodiodd.

'*Oh my days*, o'n i wastad yn meddwl bod cnoc yn

perthyn iddi. C'mon, pwy ddiawl fydde hyd yn oed yn neud 'na? Ma gymaint o *pervs* i gael mas 'na.'

'Oes, ti'n iawn,' sibrydodd Efa wrth i Mr Llew sylwi bod y mân siarad wedi codi lefel yn uwch erbyn hyn.

'Iee!? Oes rhywun moyn gweud rhywbeth? Lot o fân siarad 'ma erbyn hyn! Na? Dim byd i'w ddweud? Morgan? Ti'n ddigon *chatty* bore 'ma. Ti'n awyddus i rannu dy ddoethineb â ni?'

Lledodd ton arall o chwerthin. Ond fentrodd neb ddweud dim am Gwen.

'Wel, 'na fe… Shhht, bawb. Tynnwch eich llyfrau darllen neu waith cartref mas am y chwarter awr fach sydd ar ôl. Ni fod i edrych ar ryw linc am beryglon y we ar Teams, ond diawch… weda i ddim byd os na wnewch chi. Linc wedi torri, ife?!' Twyllodd Mr Llew. Doedd e ddim yn un o'r athrawon gorau, ond i Efa, roedd ei galon yn y lle iawn, ac ar adegau, fe oedd yr athro gorau i droi ato am gyngor.

'Ti'n chwarae rygbi heno? *Training* ar y pitsh 3G falle… y cae'n rhy wlyb wedodd Ryan.'

'Odw, fi'n gobeithio mynd. Mam yn gweud bod rowlio mewn mwd yn iach i fi. Ma fe'n *grounding* wedodd hi.'

Chwarddodd Cadi. Roedd Efa a hi'n ffrindiau pennaf ac roedd cael dianc o grafangau'r gang yn iechyd i Efa. Gwyddai eu bod yn ei thrafod y tu ôl i'w chefn. Gwyddai nad oedd hi cweit yn ddigon cŵl i fynd i'w partïon nhw. Ond roedd cael gafael mewn ffrind go iawn ganwaith gwell.

'Oi! Fatty!!' Anwybyddodd Efa'r llais. 'Fatty, myn! Pasa beiro i fi,' cyhoeddodd y llais unwaith eto. 'Fatty! *I said give me a bloody* beiro.'

Roedd Ashton yn hen gachwr bach cas. Roedd Cadi wedi ei glywed. Roedd pawb wedi ei glywed. Trodd Efa i amddiffyn ei ffrind. Poerodd ei geiriau ato.

'Paid bod yn *rude*, Ashton!'

Ond doedd dim angen amddiffyn Cadi. Cododd honno ar ei thraed a chan ddychmygu ei bod yn y sgrym dros Gymru, gwthiodd Ashton a'i gadair yn blet yn erbyn y wal.

Erbyn i Mr Llew dynnu ei ben o'i ddrâr, roedd wyneb Ashton yn wyn. Prin y gallai anadlu. Gwasgodd Cadi'r llipryn bach yn dynnach yn erbyn wal arddangos Mr Llew. Roedd hi wedi cael llond bola ar gael ei galw'n Fatty.

'Caaaadiii! Gan bwyll nawr, gan bwyll, er mwyn tad. Newydd orffen hongian y posteri Cwricwlwm i Gymru 'na ydw i. O, nawr, wow bach. Gad e fynd. Cadi! CADI! Ddaw dim o wasgu ei ben e yn erbyn y wal, wir i ti!' gwaeddodd Mr Llew.

Gollyngodd Cadi ei gafael. Disgynnodd Ashton yn dawel i'r llawr.

'I only asked her for a biro, sir!'

Trodd Cadi ar ei sawdl. Ymestynnodd i'w chasyn pensiliau ei hun a heb ffws yn y byd, gosododd feiro llachar, pluog yn llaw Ashton.

Poerodd.

''Co ti, beiro. Tro nesa, gofyn yn neis, y twat bach *ginger*!'

Eisteddodd Cadi'n gadarn yn ei chadair ei hun gan adael Mr Llew a'i arddangosfa'n rhacs.

Siomi

CWRLODD GWEN YN ei gwely. Roedd hi'n casáu ei hun. Yn casáu ei bywyd. Yn casáu pawb a phopeth. Sychodd y dagrau o'i hwyneb. Doedd hi ddim am fynd yn ôl i'r ysgol. Byth. Pa hawl oedd ganddyn nhw i chwerthin am ei phen? I siarad amdani? Diawliodd ei hun am fod mor naïf. Doedd Osian heb hyd yn oed gysylltu. Penwythnos cyfan a dim byd. Dim neges yn holi sut oedd hi. Dim byd. Gwir, roedd hi wedi cael *blow out* emosiynol o flaen pawb. Gwir, roedd hi wedi cydio yn ei wallt a'i dynnu fel cath wyllt. Gwir, roedd hi wedi gadael i bawb ei gweld yn llefen, i'w gweld yn hanner porcyn. O! Mam fach, pam fu hi mor dwp?

Ond, diawch, mae pawb yn gwneud hynny. Mae lluniau noeth, lluniau ffit ar ffôn pawb. PAWB. Gwyddai Gwen hynny, a gwyddai fod cael sylw am lun da werth mwy nag unrhyw beth. Unrhyw beth! Llun da. Hi o flaen y drych. Hi mewn siop goffi. Hi gyda'i chriw. Hi mewn dillad newydd – dillad i rywun hŷn na'i hoed. Ewinedd newydd. Colur, aeliau. Lliw haul potel. Rhaid cael llun o bopeth. *Content* – rhaid cael y cynnwys cywir. Bob munud, rhaid cael y ddelwedd i ddangos i bawb ei bod hi'n berffaith, ac yn berffaith hapus.

Ond doedd hi ddim. Y tu fewn roedd Gwen yn bopeth ond hapus. Teimlodd gyffur cas y geiriau yn ei llethu. Slag. Slwt. Hwren fach. Pam oedd raid iddo ddangos popeth i'r bechgyn? Doedd hi ddim yn un o'r merched hynny, nag oedd? Efallai ei bod hi'n ymddangos yn hyderus ac yn awyddus i blesio, ond y tu fewn, doedd hi ddim.

Sychodd ei dagrau unwaith eto. Roedd ei mam yn benwan. Roedd arni gywilydd.

'Be ddiawl wyt ti'n feddwl, *NUDES*?'

Roedd y lluniau wedi mynd o un i un i un arall, a'i chyfnither o bawb gariodd y clecs 'nôl i glustiau ei mam.

Arllwysodd Gwen ei chalon i dynerwch ei chlustog. Ceisiodd gysuro ei hun – bydd popeth yn iawn, mae pawb yn ei wneud e. Bydd e'n hen hanes erbyn fory, wel, wythnos i fory. Ond roedd ei mam wedi gwylltio.

'Fi ffaelu credu, merch i fi. *Princess* fach fi yn… yn… dangos dy hunan i ryw hen… grwt! Beth fydd pobol yn weud? Amdanat ti? Amdana i? O, a beth wedith dy dad?'

'O Mam, plis peidiwch. Peidiwch gweud wrth Dadi.'

Roedd hi'n bygwth mynd â'i ffôn.

'Ond Mam, mae'n rhaid i fi gael ffôn. Alla i ddim byw heb fy ffôn!'

Roedd yn rhaid iddi gael rhyw fath o gysylltiad â'r byd go iawn. Os byddai'n colli ei ffôn, byddai fel colli ei hunig ffrind. Gallai fyth fyw hebddo.

Cafodd ei thad wybod dros y ffôn. Roedd ei thad wedi 'siomi'. Doedd e ddim adref eto. Roedd yn Llundain ar fusnes fel arfer, ac mi fyddai'n delio â'r sefyllfa pan ddôi adref.

Dyna oedd hi iddo fe bellach. Dim mwy na rhyw fusnes. Prin iddo fod adref o gwbwl ers misoedd. Teimlodd Gwen y dagrau twym yn llithro eilwaith dros ei bochau. Ysai am y dyddiau hynny lle roedd hi'n gannwyll llygad ei thad. Sgroliodd drwy'r lluniau. Hen luniau plentyndod. Hi ar ysgwyddau ei thad. Hi yn chwythu canhwyllau ar ddiwrnod pen-blwydd. Hi fach â rhuban yn ei gwallt a phawb yn falch ohoni. Surodd. Doedd neb yn falch ohoni heddiw. Roedd blas cas ar y cyfan – y gacen ben-blwydd, y rhuban wedi rhacso, a'r canhwyllau wedi hen ddiffodd, gan adael dim ar ôl ond cywilydd croten fach oedd yn ceisio bod yn groten fawr.

Roedd ei brawd yn gweld y peth yn ddoniol. Ychydig bach yn ffiaidd ond yn ddoniol.

Sgroliodd drwy ei rhestr ffrindiau. Ffion? Na, doedd iws iddi siarad â hi.

Beth am Manon? Na, roedd honno'n 'siarad' ag Osian yn barod. Prin fod wythnos wedi pasio cyn i hwnnw droi ei gefn arni. Bechgyn! Teimlodd ei hun yn llithro'n ôl i bwll mawr o hunangasineb. Pam!?

Sgroliodd nes gweld enw Efa. Roedd yn ei chasáu hi hefyd. Ond yn fwy na hynny, roedd yn casáu mai hi o bawb ddywedodd wrthi fod lluniau ohoni wedi eu rhannu ac mai dyna pam fod pawb yn chwerthin. Chwerthin am ei phen. Gawn nhw chwerthin, meddyliodd.

Roedd hi wedi gwneud o'r blaen. Ond yna roedd hi wedi peidio. Ond heno teimlodd flaen llafn y naddwr bach yn suddo i groen ei braich. Roedd hi'n casáu ei hun. C.a.s.á.u. Gwasgodd linell denau goch. Gwasgodd waed iddi. Gwyliodd wrth i'r coch ledu. Llinell arall. Llinell arall ac un arall. Ac yna roedd hi'n dawel. Yn ddieithr dawel, fel clywed llais hen ffrind.

Rygbi

'RHEDWCH, FERCHED!'

Clywodd y ddwy lais yr hyfforddwr yn eu hannog i redeg. Rhedodd y merched eraill heibio iddyn nhw. Doedd Efa ddim yn fawr o redwr ond roedd cael cwmni Cadi yn hwyluso popeth. Wedi rhedeg ddwy waith o amgylch y cae cafodd Cadi lond bola.

'*Let's GOOO*!' gwaeddodd, gan annog y gweddill i'w dilyn. Llithrodd ar ei bol i ganol y pridd. Roedd pawb yn faw at eu crwyn erbyn hyn. Deif a llithriad a'r merched am y gorau i weld pwy fyddai'r mwyaf brwnt.

'Un, dou... TRIIIIII!' Deifiodd Efa a theimlo oerfel y pridd yn gludo'i dillad i'w chroen. Roedd y glaw yn drymach erbyn hyn a phawb hyd eu crwyn, yn wlyb diferu. Yn fochaidd.

Taclo. Taflu. Taclo eto.

Llithrodd y bêl o un i'r llall.

Gwaedd arall, a'r hyfforddwr yn mynnu sylw.

'Coese, ferched. Coese!'

'Blydi hel, Coach, fi'n nacyrd. Allwn ni jyst gael brêc am bach?'

'Brêc? C'mon, Cadi fach. Os ni moyn ennill yn erbyn Gwiberod ma raid i ni gael y *basics* yn iawn.'

'Ond Coach, fi'n *concussed* ers wythnos diwetha.'

'*Concussed*? Dim ond tap fach gest ti.'

'Gallen i siwo chi am hynna, Coach... *medical negligence*.'

Roedd Cadi wrth ei bodd yn tynnu coes. Unrhyw beth i wastraffu amser yn lle gorfod rhedeg. Safodd Efa wrth ei hymyl am eiliad a gosododd ei braich ar ei chefn.

'Fyddwn ni ddim yn hir, dere mlân. Hanner awr arall ac fe fyddwn ni â'n traed lan o flân tân.' Gwenodd Cadi, gan adael i Efa ei llusgo o un pen i'r cae i'r llall.

Wedi cyfnod o redeg a thaflu, a'r glaw yn disgyn yn ddiddiwedd roedd coesau'r merched yn goch a'u hanadlu'n ddwfn. Cododd cwmwl o wres o'r garfan. Roedd Efa yn cael trafferth plygu ei bysedd, gymaint oedd yr oerfel.

Cafwyd gêm fach cyn gorffen. Rhannwyd y garfan. Cwyno a thynnu coes a'r hyfforddwr yn barod amdanyn nhw. Gwelodd Efa ei chyfle – prin fod y merched eraill wedi sylwi. Cydiodd Efa yn y bêl a mynd amdani. Teimlodd falchder o fedru rhedeg. Ochrgamu, stydiau'n suddo i wlybaniaeth y cae. Cyflymodd ei choesau. Gallai deimlo ei chalon yn curo a'r cyffro'n tanio trwy ei gwythiennau. Ochrgamu eto, heibio un, heibio dwy. Sgarmes fach. Sgarmes fwy ac ymlaen. Cyhyrau'n tynnu. Llusgo tynnu am y pyst a disgyn yn drwm. Y bêl yn ddiogel dros y llinell a'r merched i gyd yn got newydd o fwd.

'Blydi hel, Efa, beth ddigwyddodd i ti? *Speed*!!'

Gwenodd Efa. Oedd, roedd e'n gais da. Ymfalchïodd. Gwyddai ei bod wedi gwella fel chwaraewr. Teimlodd falchder wrth glywed y merched yn ei chanmol.

'Gwd job, Efa.'

'Mowredd, lusgest ti ni dros hanner y cae,' chwarddodd Cadi. Ac wrth gofleidio a chwerthin yn y gwlybaniaeth teimlodd Efa ei bod hi'n perthyn. Ac roedd hi'n falch o berthyn.

CallmeJeff

ROEDD GWAITH YSGOL yn ddiddiwedd. Cerddodd Cai o'r tŷ a Celyn y bocser yn ei dynnu. Allai e ddim eistedd ar ei wely am un eiliad arall. Gallai'r gwaith cartref Hanes aros. Hen bwnc diflas, meddyliodd. Difarodd ei ddewis. Roedd gymaint i'w gofio. Ac i beth? Roedd y cyfan mor hen ffasiwn. Mor *out of date*.

'Pryd ti'n ôl?'

Llais ei fam. Roedd gwydryn mawr o win coch ar ei hanner a'i flas wedi codi awch ar ei fam.

'Pam?'

'Wel, ma Jeff ar ei ffordd draw.'

Jeff oedd 'ffrind' newydd ei fam. Ers i'w dad adael ac ailbriodi ac wedyn gwahanu, roedd ei fam hefyd wedi bod ar ryw wefan dêtio i bobl broffesiynol. Ac ar ôl mentro a methu sawl gwaith, roedd y Jeff yma wedi cael croeso i alw fwy nag unwaith.

Llyngeryn o ddyn oedd e i Cai. Prifathro wedi ymddeol. Diolchodd Cai nad oedd e'n ei adnabod. Neu yn waeth, ei fod yn brifathro arno. Crinj!

'CallmeJeff,' dywedodd e. A CallmeJeff fu e ers hynny.

'O!' mentrodd. 'A phwy amser ma CallmeJeff yn

bwriadu galw? Oes ise i fi fynd mas o'r ffordd er mwyn i CallmeJeff gael ffindio lle i roi ei draed dan y ford?'

'Cai, nawr c'mon, ti fydd fy *number one* i. Sdim ise ti fecso am Jeff. Ffrind yw e, 'na gyd.'

'Reeeit! Ffrind *with benefits* neu jyst ffrind?'

'Wel...'

'O, fi'n gweld. *Jeff is not just for Christmas* 'de?'

'Dim ci yw e, Cai, a ti'n gwbod... ma menywod fel fi yn —'

'Unig?'

'Wel, ma *needs* 'da ni i gyd. A ma dy dad 'di cael mwy na'i siâr o —'

'*Needs*? Odi, ma fe, fi'n gwbod. *Special needs*.'

Tawelodd ei fam. Ymestynnodd am y gwin a llowcio ei hanner.

'Tynnu coes o'n i, Mam, ocê. Os yw Jeff yn neud ti'n hapus, wel, *go for it*.'

Tynnodd ei fam e'n dynn ati.

'O calon bach mam, beth fydden i 'di neud hebddot ti, gwed?'

'Dwi'n mynd mas â Celyn. Os wyt ti am, af i draw at Efa am gwpwl o oriau. Sdim ots 'da fi, ocê? Os ti'n hapus, fi'n hapus. A Mam...'

Syllodd Cai ar y botel wag. Bu bron iddo fentro dweud ei bod wedi cael digon. Ond, na. Doedd e ddim am ei dolurio.

'... a Mam, ti'n edrych yn gwd.'

Gwasgodd ei fam e'n dynn unwaith eto a theimlodd

Cai ddolur a siom ei fam yn gwasgu'n ôl. Prin iddi edrych ar ddyn arall ers i'w dad adael. Cofiodd amdani yn yr wythnosau cyntaf wedi iddo fynd. Y poteli gwag. Y gweiddi. Y nosweithiau di-gwsg. Yr ymdopi. Bron iddo deimlo ei bod hi'n galaru. Ac i beth, meddyliodd Cai. Roedd ail briodas ei dad wedi chwalu erbyn hyn hefyd a dim byd ar ôl ond annibendod.

☆

Wrth gyrraedd tŷ Efa, roedd sŵn Siriol fach yn llenwi'r stryd.

'Dere mewn, dere mewn. Ma Efa bron yn barod. Mae'n pincio lan lofft.'

Roedd tad Efa yn sefyll yn y drws a phentwr o ddillad babi yn ei ddwylo. Ei swydd e oedd eu didoli. Daeth Efa i'r golwg.

'DAD! Paid grondo arno fe, Cai. Fi'n barod.'

Llusgodd Myfanwy drwy'r drws. Roedd Myfanwy yn ysu am wâc. Siglodd ei chynffon.

Yn nhawelwch y pentref dilynodd y ddau y llwybr heibio'r hen ysgol. Heibio'r parc ac i lawr ger yr afon fach. Roedd hi'n oer. Gwasgodd Efa ei llaw yn ddwfn i boced cot Cai a theimlodd ei law yn gynnes amdani.

'Ma CallmeJeff draw.'

'O! CallmeJeff yn *calling* yn aml, ydy e?'

'Ydy, ma CallmeJeff yn galw lawer rhy aml. Ma Mam yn gweud mai ffrind yw e. Ond, sai'n gwbod...'

'Diawch, alle fod yn waeth. Gallet ti gael Mr Llew neu rywun yn llystad iti, meddylia shwt fydde hynna. Dihuno'n bore a gweld Mr Llew yn dod lawr stâr yn ei bants!'

'Ych! Ma fe'n foi iawn… Jeff nawr, dim Mr Llew. Ond ma fe'n *weird*, ti'n gwbod, gweld Mam 'da rhywun arall, a fi'n gwbod bod Dad 'di neud e a 'di symud mlân. Ond nawr bod e a'r Haribo wedi gwahanu, o'n i —'

'O't ti'n meddwl falle ddele dy fam a dy dad 'nôl at ei gilydd?'

'Ie, wel… Na, *god* na… Jyst ma pobol yn newid, ond dyle Mam a Dad aros yr un peth, 'sot ti'n meddwl? Wastad yr un peth. Ma dy fam a dy dad di yr un peth. Wastad yr un peth, wastad 'na. Wastad gyda'i gilydd. Hyd yn oed pan o'dd dy fam yn dost, o'dd dy dad 'na iddi. A nawr 'da Siriol fach, ma'r ddou yn helpu ei gilydd. Cefnogi ei gilydd. Fel p'nosweth, Noson Rieni, o'dd dy fam a dy dad wedi mynd, gyda'i gilydd. Wâc y noson o'r blân, ro'dd dy fam *a* dy dad wedi dod. Hyd yn oed pan o'n nhw'n briod, do'dd Mam a Dad byth gyda'i gilydd… byth. Ar fy noson rieni i o'dd Dad bant ar ei wylie a Mam yn gwaith. Na'th hi ddim hyd yn oed hala e-bost i weld os o'n i'n fêpo yn toilets neu rywbeth. *I mean…*'

Gwasgodd Efa yn ei law a'i dal yn hir.

'A nawr bod CallmeJeff biti'r lle…'

'Ie, *exactly* – nawr bod CallmeJeff biti'r lle…'

'… bydd dy fam yn iawn. Mae'n gyfreithwraig, achan. Os gallith rhywun sorto pethe, hi fydd honno. Mae'n mynd drwy blip bach nawr, ond bydd hi'n iawn, gei di weld. Ma mam pawb yn cael blip am rywbeth neu'i gilydd.'

Ysai Cai i ddweud wrthi am yr yfed. Y nosweithiau heb sgwrs pan fyddai'n gwylio'i fam yn gwagio potel arall. Doedd e ddim yn broblem, nag oedd? Roedd hi'n codi'r bore, yn gweithio'r dydd ac erbyn swper roedd potel arall yn aros amdani.

Tynnodd Celyn ar ei thennyn. Roedd hi'n rhy dywyll bellach iddi gael mynd ar ei liwt ei hun ac roedd Myfanwy fach yn gecrus iawn yn ei chot newydd. Cerddodd y ddau ar hyd y llwybr y tu ôl i'r tai newydd. Heibio i'r neuadd wag a'r hen dafarn oedd bellach yn dŷ. Aeth y ddau am adref a golau ambell gar yn goleuo eu llwybr.

'Wyt ti moyn dod mewn i watsho ffilm neu rywbeth?' holodd Efa. 'Fydd Siriol yn ei gwely erbyn hyn gobeithio. Allen ni ordro Chinese, os ti moyn? Eith Dad i'w nôl e. Mae e'n drysu am fwyd fel'na pan dyw Mam ddim yn edrych.'

'Dy fam yn edrych yn dda…'

'Odi. Mae'n cryfhau bob dydd.' Nodiodd Efa.

'A dy dad 'di colli lot o…'

'… O'r bola 'na, odi. Odi glei.' Oedodd Efa. 'Do'dd Gwen ddim mewn heddi 'to.'

'Gwd, sneb yn lico ddi ta beth.'

'Nag oes ond —'

'Ond beth?'

'Wel…'

'Paid gweud wrtha i bod ti'n teimlo trueni drosti?'

'Wel, odw, tamed bach.'

'Efa fach, fydde hi'n meddwl dim amdanot ti, os mai *ti* fydde 'di dangos dy hunan i'r byd.'

'Fydden i ddim yn ddigon twp i neud hynny yn y lle cynta.'

'Na?'

'Na.'

Cochodd Cai.

'A fydden i ddim yn gofyn i ti neud chwaith.'

Pwysodd Efa ato. Trodd yntau ati hithau a heb feddwl dim, gwasgodd ei wefus yn dynn am ei gwefus hi.

Y funud honno teimlodd gryndod ei ffôn yn ei boced. Diawch erio'd, meddyliodd Cai. Ceisiodd ei anwybyddu. Dymunai Efa i'r foment fach honno bara am byth. Cryndod arall. Daliodd yn dyner yn ei law a gobeithio byddai'n ei anwybyddu. Cryndod eto. Ofnai Cai mai ei fam oedd yno, a'i bod ei angen arni. Ymestynnodd i'w boced a gweld mai Osian oedd yno. Osian.

'*Typical*! Dim ond Osh!' meddai.

Parti.

Nos Sadwrn.

Tŷ Sion.

Un o'r bois rygbi oedd Siôn. Roedd e yn y Chweched erbyn hyn ac roedd yn enwog am ei bartïon. A chan fod Cai bellach yn gapten y tîm, roedd cynigion i bartïon yn dod yn aml.

Roedd Cai ar ateb yn syth pan sylwodd ar wyneb Efa.

'Nos Sadwrn? Alla i ddim mynd. Pen-blwydd Mam,'

cwynodd Efa. Byddai'n rhaid iddi fod yno. Roedd ei thad wedi trefnu iddyn nhw fynd bant am y penwythnos. Bwthyn bach yn Aberdaron, wrth ochr y môr. Bu Efa yn gyffro i gyd pan glywodd gyntaf. Roedd y flwyddyn ddiwethaf, lle bu bron â cholli ei mam, yn ddigon caled. A phan ddaeth Siriol fach i'r byd a gweld y byd hwnnw'n dechrau gwella, gwyddai y byddai'n rhaid iddi fod yno iddi. Gwyliau bach fel teulu bach.

Teimlodd Cai gymysgedd o siom a chyffro. Roedd yn rhaid iddo fynd – roedd y bechgyn i gyd yn mynd. Ac eto, wrth fynd heb Efa roedd euogrwydd yn ei fwyta.

One hell of a night –
Tŷ Sion.

Neges arall. Rhys y tro hwn.

Efan wedyn. Holi os oedd e wedi cael cynnig.

Pawb.

Roedd pawb yn mynd. Gwelodd Efa'r olwg yn ei lygaid. Iwan. Caio. Jac. Lloyd a hyd yn oed Carwyn.

'Ie, cer di, paid becso. Fi'n siŵr bydd hi'n noson a hanner.'

'Bydd, deffinet. Dere 'da fi? C'mon, ma pawb yn mynd. Siŵr galli di holi Cadi ddod hefyd. Sdim ots 'da Siôn. *More the merrier.* Mae ei dad 'di clirio sied i ni. Bydd e'n...' Ceisiodd Cai ymddangos yn ddi-ffws. 'Diawch, na, bydd e'n boring, siŵr o fod. Smelo – ti'n gwbod shwt ma parti mewn sied ar glos ffarm. Oer, damp, dim ond bêls gwellt i eistedd. Dim WiFi. Cwrw a byrgyrs... *probably food poisoning.*'

'Ie, swno'n noson ddiflas ar diawl.'

'Wel, dim ond awr. Fe af i am ryw awr. Jyst digon i ddangos wyneb. O, c'mon, bydd dy fam yn deall…'

Ond fentrai Efa ddim. Bwthyn bach ar lan y môr a lle tân go iawn. Bu Efa'n edrych ymlaen gymaint am fynd ac roedd cadw'r gyfrinach wrth ei mam wedi bod yn ddigon o her.

Nawr, fodd bynnag, roedd meddwl am Cai ynghanol y bechgyn rygbi a hwythau wedi yfed, a merched, ie, merched… wrth gwrs ei bod yn ei drystio. Wrth gwrs ei bod hi.

'Na, cer di, Cai. Hala cwpl o lunie. A paid yfed gormod.'

Aberdaron

Darllenodd Efa’r arwydd am Aberdaron. Dilynodd ei thad lais undonog y Sat Nav yn dweud eu bod wedi cyrraedd. Trodd y car a dilyn llwybr defaid dros draed y mynydd a dim un cymydog heblaw am ddefaid. Roedd ei mam ar ben ei digon. Gwenodd wrth weld y bwthyn bach.

‘O, Huw,’ gwenodd. ‘Y diawled bach… am syrpréis! Bwthyn bach, jyst ni’n pedwar. O, fi ffili credu hyn! Gadwoch chi’r gyfrinach ’na’n dda, yn do fe? A threfnu’r cwbwl lot.’

Lledodd gwên o falchder ar wyneb ei thad. Cydiodd yn ei llaw a’i gwasgu, cyn mentro agor drws y car. Chwipiodd awel y mynydd y drws gan hanner deffro’r cysgwyr bach yn y cefn. Trodd i edrych ar ei ferched bach yn glyd yn y sedd ôl.

‘Dewch ’de, ledis bach. *The weekend has begun*. Parti… parti, parti, parti!’

Gwasgodd yr allwedd i’r clo ac agor y drws ar ystafell dwt yn arwain at ystafell fach dwt arall. Teimlodd Efa dawelwch y mynydd yn ei chario.

Gwenodd wrth weld ei mam yn gwasgu llaw ei thad wrth iddo ei llusgo o ystafell i ystafell. Oedd, roedd ei mam yn gwella. Cofiodd am gyfnod y byddai wedi rhoi'r byd i gyd am y foment hon. Cariodd Siriol fach yn gwrlyn clyd o'r car, a dim ond blaen ei thrwyn yn sbecian dros ei siwt gynnes.

'*Hot tub* i Madam, gwely, golygfa o'r mynydd, awyr iach, *handsome man* – beth mwy alle unrhyw fenyw ofyn amdano?' chwarddodd ei thad.

Roedd y rhyddhad o weld ei mam yn gwella wedi dechrau llacio'r rhychau gofid ar ei wyneb yntau hefyd. Cydiodd yn dyner yn ei chorff, a gwyddai Efa ei fod yn cyfri ei fendithion i gyd heddiw.

Parti

Roedd Cai wedi newid yn barod i fynd i'r parti. Roedd CallmeJeff a'i fam yn trafod ceir. Clustfeiniodd Cai am rai munudau. Roedd yn casáu sŵn ei lais, hyd yn oed. Ei chwerthiniad, ei osgo. Popeth a dweud y gwir.

Anfonodd lun ohono'i hun at Efa. Un ag wyneb wedi crychu. Anfonodd galon a chusan. Anfonodd hithau lun ohoni ar lan y môr yn Aberdaron. Llun Siriol. Lluniau ohonyn nhw gyda'i gilydd. Hiraethodd Cai amdani. Pam oedd rhaid iddi fynd y penwythnos yma, penwythnos y parti? Anfonodd lun arall. Un difrifol. Un trist, er mwyn dangos iddi gymaint roedd yn meddwl amdani. Ac oedd, roedd parti, ac oedd, roedd pawb yn mynd iddo ac oedd, roedd e'n edrych ymlaen yn fawr at weld pawb ac i fwynhau gyda'r bois, ond…

'Yes, the turbo diesel is a better model, plenty of leg room also.' Gwrandawodd ar lais diflas CallmeJeff. *'I preferred the Jag – had one before this one – heated seats, that sort of thing. Don't get me wrong, the BMW is good, but lacks the same torque. Torque is everything, don't you think, darling? But there we have it, that's German cars for you.'*

Clywodd ei fam yn chwerthin. Oedd

hi wir yn meddwl bod CallmeJeff yn ddyn gwerth ei wahodd i swper? *Darling*? *Darling*? Ysgydwodd Cai ei ben a chwistrellu peth o'r persawr dan ei gesail. Byddai'n well iddo ddangos ei wyneb cyn mynd, ynta. Aeth i lawr y grisiau. Roedd CallmeJeff yn llygadu ei fam â llygaid dyn oedd yn mesur menywod fel pe bai'n prynu car. Ych a fi, meddyliodd Cai.

'*Ah, young man, I hear you're leaving us alone in the house tonight. Ho, darling*!' a winciodd yn ddireidus ar ei fam.

'*Yes, party. One of the rugby boys, up on his farm. Won't be late*,' mentrodd ychwanegu rhag iddo gael ryw syniadau am fesur *torque* ei fam.

'Cai bach, ti'n edrych yn grêt. Efa'n dod 'da ti heno?'

'Na, mae ei mam yn dathlu ei phen-blwydd.'

'*Ah, cats away, mice will play, is it*? Dwi'n dysgu Cymraeg. Tamaid bach,' meddai gan fesur y bach rhwng ei fys a'i fawd.

'Fydda i ddim yn hwyr heno, Mam. Caf i lifft 'nôl 'da mam Iestyn. 'Nôl tua hanner nos, falle.'

'Mae'n iawn, Cai bach. Joia di dy hunan nawr.'

Taflodd Cai un edrychiad beirniadol at CallmeJeff – edrychiad fyddai'n dweud wrtho am gadw ei hen ddwylo oddi ar ei fam, ac aeth allan drwy'r drws.

Roedd y parti wedi hen ddechrau erbyn i Cai gyrraedd. Roedd y sied yn llawn dop. Bois rygbi. Merched a mwy o ferched. Roedd Siôn erbyn hyn yn llusgo bêls gwellt, a'i frawd Llŷr yn llusgo *speakers* anferth ei dad, lle moriai hen ganeuon o'r saithdegau. Yn y gymysgfa o hen silwair a hen ddom roedd y sied yn bownsio. Yfodd Cai ei beint yn dawel. Teimlai'n lletchwith heb Efa. Anfonodd lun ati. Llun o gornel sied a honno'n hanner gwag. Doedd e ddim am ymddangos fel petai'n mwynhau. Doedd e ddim am ddangos bod unrhyw ferched yno chwaith.

O fewn eiliad daeth llun yn ôl. Hanner wyneb Efa a thrwyn bach ei chwaer yn cysgu ar ei hysgwydd. Anfonodd gusan. Efa oedd ei fyd. Gyda hi gallai fod yn fe ei hun. Llowciodd ei beint, ac roedd ar fin anfon neges arall ati pan…

'Heiiiiii Cai Dog, be ti'n yfed?' Osian oedd yno, yn sŵn i gyd. Roedd e'n feddw gaib. Roedd ei draed yn lletchwith a'i dafod yn dew. Cododd Cai oddi ar ei draed.

'Siots, dere i ni gael neud siots,' gwaeddodd Osian cyn arllwys llowc go dda o fodca i beint Cai. Gwrthododd hwnnw, ond roedd Osian yn benderfynol o'i feddwi.

'Dere mlân, achan, lawr ag e, 'na ti, gwd boi, ac un arall. Clec iddo fe. Byddi di'n teimlo'n grêt mewn munud.'

Yn raddol, teimlodd Cai'r cyfan yn dechrau troi yn ei ben. Yn raddol, roedd pob dim yn ddoniol, yn raddol roedd pob un yn ffrind a phob peth yn ffab. Roedd y ddau yn yfed a chwerthin a bloeddio canu i'r sŵn byddarol a ddeuai o rywle, ond fedrai Cai yn ei fyw ddim meddwl ble.

'Sweet Caroline, la la la…' Cleciodd Osian beint arall ac

un arall. Teimlodd Cai ei hun yn ymlacio'n dawel bach ac o fewn yr awr roedd ei ddwylo ei hun yn codi i'r aer wrth ddawnsio i'r sŵn.

Anfonodd Efa neges ato. Rhaid bod dim signal, meddyliodd. Neges ar ôl neges ac un arall... ac un arall... rhaid bod dim signal. Rhaid bod batri ei ffôn wedi peidio. Trodd stumog Efa. Roedd oriau wedi pasio a dim hyd yn oed cusan nos da.

Roedd Cai yn cofio'r bois rygbi yn canu wrth y bar. Roedd e'n cofio teimlo ar ben y byd a'r funud nesaf pwy gerddodd i mewn? Neb llai na... Gwen.

Rhythodd pawb arni. Doedd hi heb fod yn yr ysgol ers wythnos ond roedd hi yma mewn sgert fer – fer iawn – a thop byr, byrrach na byr. Roedd Gwen yno, ac roedd hi'n edrych yn gorjys.

Osian sylwodd arni gyntaf.

'Heiiiii, Gwen. *Babes*!'

Edrychodd hithau arno, yn gymysgedd o dynerwch a dialedd.

Doedd neb am gael chwerthin am ei phen hi. Neb. Roedd ei chroen yn llyfn a'i gwallt wedi ei liwio'n felyn. Anwybyddodd e. Cerddodd yn syth at Cai. Syllodd hwnnw'n dwp arni. Prin y gallai Cai gofio ei enw heb sôn am ddim arall. Gallai weld ei ffôn yn ei llaw. Mynnodd dynnu selffi gydag e.

'C'mon Cai, gwena!' meddai Gwen.

Rhywbeth i wylltio Osian oedd hyn, siŵr o fod, ond y funud nesaf heb rybudd yn y byd, gwasgodd Gwen ei gwefus i wefus Cai. Daliodd yn dynn ynddo a chyn iddo gael amser i ddadlau roedd clic y camera wedi clician.

'Be ti'n neud, fenyw?' holodd Cai. Ond roedd y geiriau yn aneglur. Prin y gallai sefyll ar ei draed.

Tynnodd ei ben oddi wrthi, doedd dim bwriad ganddo ei chusanu. Ond roedd hi'n rhy hwyr. Chwarddodd Gwen. Trodd ar ei sawdl. Cydiodd ym mheint Osian. Llowciodd lond ceg ohono cyn ei daflu dros ei ben. Oedd, roedd Gwen yn sicr bod neb i chwerthin am ei phen hi. Ac os oedd pobl moyn siarad amdani, wel, gadewch iddyn nhw!

Twyllo

Roedd Efa wedi hanner cysgu erbyn iddi dderbyn y neges. Gwen? Beth oedd honno moyn yr adeg yma o'r nos? Doedden nhw ddim yn siarad hyd yn oed. A gan nad oedd hi wedi bod yn yr ysgol, doedden nhw heb hyd yn oed wfftian ar ei gilydd. Efallai, meddyliodd Efa, ei bod am fod yn ffrindiau? Neu am ddiolch iddi am gynnig clust i wrando? Na. Gwen oedd hon.

Trodd stumog Efa. Methai ddeall. Roedd y clip fideo bach yn araf yn llwytho, ond yna...

Gwelodd Gwen yn gwenu. Gwelodd hi'n gwasgu ei hun yn dynn am Cai. Roedd hwnnw yn amlwg wedi meddwi. A'r eiliad nesaf, mae eu gwefusau yn cwrdd. Safiodd y fideo. Chwaraeodd e eto. Daeth ton o siom drosti. Llosgodd hwnnw ym mhwll ei chalon. Gallai deimlo'r dagrau yn crynhoi yn ei llygaid.

Dim ond rhyw deirawr yn ôl roedd Cai yn anfon cusanau ati. Ond erbyn hyn roedd e â'i wefusau'n dynn am rai Gwen. Sut gallai fod mor dwp? Bachgen oedd e. Wrth gwrs y byddai'n twyllo.

'Ma-am,' brasgamodd ar hyd y carped i ystafell wely ei rhieni. Roedden nhw'n ymbaratoi i gysgu.

'Ma-am, ma Cai…'

'Be sy? Ti'n iawn?'

Disgynnodd y dagrau fesul un ar ysgwydd ei mam. Prin fod honno wedi deall beth oedd y cynnwrf.

'Be sy? Be ma Cai 'di neud?'

'Parti a… blydi bitsh. Y blydi ast!'

'Pwy? Pwy yw'r blydi bitsh, Efa fach? Cymer dy amser a gwed…'

'Cai, parti. Siôn rygbi. Sied. Ac ma'r jip Gwen wedi, neu ma fe wedi, falle mai *joint effort* o'dd e… Ma fe 'di blydi cusanu ddi… ar ei tsiops. Yn y parti. Watsia hwn. Watsia. Ma fe ar fideo a chwbwl.'

'Wel, jiawch erioed, gallet ti dyngu fod rhywun wedi marw. Mlân a mlân am ryw ast, o'n i'n dechre meddwl bod Myfanwy fach 'di cael dolur neu 'di domi yn y tegil!' chwarddodd ei thad. Ond doedd hwn ddim yn fater i chwerthin amdano.

'Huw, *for god sake*. Ma hwn yn siriys.'

'O'n i'n caru fe, Mam.'

'Wrth gwrs bod ti. Dere nawr, mae'n siŵr fod esboniad.'

'Oes, watsiwch e. Ma fe 'di cusanu merch arall, ac yn waeth na hynny… blydi Gwen yw hi. Chi'n gwbod bo' fi'n hêto honna. Ma pawb yn… Ma Cai yn hefyd.'

'Odi e?' Llais Dad eto. 'Wel, *apparently not*,' meddai yntau yn ei ddoethineb.

Saethodd ei mam edrychiad arno i'w dewi.

'O, bydd ddistaw, Huw bach. 'Sot ti'n deall y pethe 'ma. Wel, hala neges ato fe. Gofyn iddo fe beth ddiawl sydd mlân 'dag e. Falle bod e ddim 'di cael lot o ddewis. Un fel'na yw Gwen, cofia di. Real madam fach.'

'Dim lot o ddewis? Mam, c'mon.'

'Wel fi'n cofio, flynyddoedd 'nôl, *back in the day*, pan o'n i'n ifanc.' Ei thad eto. 'Ro'dd y boi 'ma yn briod 'da pishyn ffit, *real beauty*, ac un tro...'

'DAD!'

'Dim nawr Huw, ma'r ferch 'di ypseto.'

Roedd calon Efa yn ei slipers. Methai ddeall pam. Roedd hi a Cai yn agos. Roedd misoedd o siarad a rhannu a chwerthin a...

Teimlodd ei fod wedi ei bradychu ac roedd y peth ganwaith gwaeth gan mai Gwen oedd gydag e.

'Nôl yn y sied, roedd Cai erbyn hyn wedi dechrau sobri. Roedd Osian yn diferu a'r Drama Queen yn swagro i'r bar at un o fechgyn cryfaf y garfan rygbi. Ond roedd ei chynllwyn wedi gweithio. Gwenodd Gwen. Roedd unrhyw sylw yn well na dim o gwbwl. Ac roedd hi am dalu'r pwyth yn ôl. I Osian, i Efa, i'r cwbwl lot.

Yfodd ddracht o gwrw. Roedd hi'n casáu ei flas. Syllodd ar Osian. Roedd hi'n ei gasáu e hefyd. Edrychai mor llipa. Mor pathetig. Do, fe ymddiheurodd e, ac oedd, roedd hi'n ei garu, o'r blaen. Caru? Hoffi? Oedd ots? Roedd anfon y lluniau ato yn ffordd o brofi hynny, yn doedd? Pawb yn gwneud e. Ond roedd eu rhannu â phawb arall yn frwnt. Yn ei gwneud hi'n rhad, yn tsiep. Fel un o ferched rwff yr ysgol. Y merched twp.

Pawb yn adnabod y teip. Syllodd Gwen ar Cai. Pwy ddiawl oedd e, gwedwch? Roedd e'n pathetig hefyd. Fe ac Efa. Gwyddai eu bod nhw'n edrych lawr eu trwynau arni. Yn ei beirniadu. Llowciodd ddracht arall o'r peint ar y bar a theimlodd law gynnes ar ei phen ôl.

Doedd hi ddim am fynd gyda neb arall. Dim mewn gwirionedd. Roedd ei chalon dal yn ddarnau a'r cywilydd yn ei bwyta'n fyw. Ond Gwen oedd hi. Gwen. Ac roedd Gwen yn gryf. Doedd hi ddim am adael iddyn nhw ei gweld fel yr oedd hi go iawn – yn ferch fach oedd moyn dim byd mwy na chael ei charu.

Tonnau

DOEDD EFA DDIM am iddo esbonio. Roedd y peth yn hollol amlwg. Roedd e wedi ei thwyllo. Methodd gysgu'r noson honno. Trodd yn ei gwely. Gallai weld ei fod e wedi danfon neges ati. Sawl un. Gwrthododd eu hagor. Doedd dim modd esbonio. Roedd hi wedi gweld y cwbwl. Oedd hi wedi amau bod rhywbeth rhyngddyn nhw o'r blaen? Nag oedd. Wel, efallai. Doedd hi ddim yn siŵr. Roedd eu teuluoedd yn hen ffrindiau, felly roedd unrhyw beth yn bosib.

Roedd hi'n chwech y bore ac mae'n siŵr iddi gysgu rywbryd, er mai rhyw gwsg diflas oedd e. Trodd i edrych ar ei ffôn eto. Ailddarllenodd negeseuon neithiwr.

CAI:

9.30pm – Parti diflas. Misso ti.

9.40pm – Ti'n ok?

9.50pm – Be ti'n neud?

10.00pm – Ti'n cysgu?

11.11pm – Osh ma… bach yn pissed…

Beth oedd yn bod arno? Doedd e heb ddweud dim am Gwen. Oedd e'n disgwyl iddi gredu mai dychmygu'r cyfan wnaeth hi? Ailedrychodd ar y clip fideo. Gwefusau

Gwen. Gwefusau Cai. Heb ysgrifennu dim, anfonodd y fideo ato. Disgwyliodd ateb yn syth. Ond ddaeth 'na ddim. Gallai fod yn cysgu. Gweddïai ei fod yn cysgu. Ond beth os mai ei hanwybyddu oedd e? Beth os nad oedd esgus, rheswm, rhywbeth ganddo i'w ddweud amdano a Gwen? Damwain? Ie, cusanu ar ddamwain ie, siŵr o fod. Criodd Efa eto. Doedd e ddim yn edrych fel rhywbeth ddigwyddodd ar ddamwain.

Hedyn bach o amheuaeth. Bob tro y byddai'n meddwl amdano. Y dyddiau da. Y cydio dwylo. Y cyfan, chwalwyd y cyfan ag amheuon.

Clywodd ei mam yn gwthio'r hen ddrws pren ar agor.

'Te, fi 'di dod â bach o de iti. Gysgest ti, gwed? Bois, fel'na ma nhw, t'wel.'

Ddywedodd Efa yr un gair.

'Dere,' mentrodd ei mam unwaith eto. 'Dere, ewn ni am wâc fach. Dilyn llwybr yr arfordir. Ti a fi. Ma dy dad a Siriol yn dal i gysgu. Gwisg amdanat. Lawr â ni i'r môr. Fydd hi'n dawel reit 'na bore 'ma, gei di weld. A gad y ffôn ar ôl. Dim ond ffwdan yw e.'

Golchodd Efa ei hwyneb. Clymodd ei gwallt. Gwisgodd hen siwmper wlân ei thad a dilyn ei mam i oerfel bore bach Aberdaron.

Wfftiodd Cai. Os mai Gwen oedd e moyn, wel, twll ei din e.

Roedd y tonnau'n carlamu. Gallai Efa weld het wlân gynnes ei mam yn codi a disgyn dros y grug o'i blaen. Ymfalchïodd o'i gweld yn awchu am fywyd. Roedd y cancr wedi mynd ac roedd ei gwên yn gryfach nawr nag erioed.

Codi. Disgyn. Troi gyda'r borfa a dilyn llinell hir o lwybr defaid i'w waelod. Roedd yr awel yn gryf a sŵn y tonnau oddi tanyn nhw. Am eiliad anghofiodd Efa am y cwbwl. Deallodd pam fod ei mam yn dwli mynd am wâc. Roedd natur yn ddoctor da.

'Dere!' gwaeddodd.

Dilynodd Efa, gan deimlo oerni ei dwylo ei hun. Gwasgodd nhw'n ddwfn i'w phocedi. Dyma ei chot gerdded. Cofiodd am Cai. Diawliodd e. Mae'n siŵr fod yna esboniad. Rhaid ei fod e wedi meddwi. Roedd Gwen wedi gwthio ei hun arno ac yntau wedi meddwi gormod i amddiffyn ei hun. Teimlodd Efa'r dagrau'n pigo unwaith eto. Sychodd nhw.

Eisteddodd Efa a'i mam yn dawel gan wylio'r tonnau yn rhwygo'r tywod. Ewyn ton yn felyn frwnt. Ton arall. Ton fwy. Cydiodd mewn carreg fach. Darn o wydr wedi ei olchi'n llyfn. Darn arall. Gosododd nhw yn ei phoced. Cragen. Roedd bochau ei mam yn welw. Gallai deimlo'i gwendid. Oedd, roedd hi'n gwella. Ond gwyddai Efa ei bod wedi blino. Fel ton fawr o flinder. Carreg fach oedd hithau hefyd yn twmblo yn y tonnau.

Cydiodd ym mraich ei mam. Gwasgodd hithau ei bysedd yn dynn am law fach Efa. Gwenodd arni.

Gwyliodd y ddwy'r codi a'r disgyn diddiwedd a hwythau fel dwy gragen yn y gwynt.

'Caru ti, pwt.'

'Caru chi 'fyd.'

Ac efallai, meddyliodd Efa, bod hynny, am heddiw, yn ddigon.

Cusan

'Reit, Siriol fach, Dad yn dod. Cwla lawr, cwla lawr.' Roedd Siriol yn sgrechian eisiau bwyd, a'i thad yn ei bants a'i sanau yn ceisio dod o hyd i lwy. Cegin ddieithr. Cegin fach.

'Diawch erio'd, sssssshhhhttt nawr, gwd gyrl fach. Dad yn dod, gei di iogyrt nawr.' Sgrechiodd Siriol eto. Doedd dim amynedd ganddi o gwbwl. Merch ei mam, meddyliodd.

Doedd dim sôn am lwy yn unman ac roedd yntau fel dyn dall yn chwilio mewn tywyllwch. Cafodd afael mewn Mars Bar yn y diwedd.

''Co ti, cymer hwn.' Gwasgodd y Mars i ganol yr iogwrt a gadael i Siriol ei lyfu. Cafodd dawelwch o'r diwedd.

Roedd ffôn Efa wedi canu sawl gwaith ac erbyn i Efa ddod yn ôl roedd Cadi hefyd wedi anfon bron i gant o *streaks*. Llun ohoni a dim ond blaen ei thrwyn yn y dwfe, llun o gwpan te, llun o sedd y tŷ bach, llun o do ei hystafell wely, llun ohoni mewn sbectol haul, llun ohoni yn dioddef hangofyr gwaetha'r ganrif.

Roedd hi'n amlwg yn noson dda, meddyliodd Efa.

CADI:
8.35am – Ti di codi to?
8.40am – Don't leave me hanging, bro…
8.55am – Efa myn…
9.01am – Never again… pen yn corco.
9.02am – Mahwsif pen tost… bug.
Ffliw…
Covid, ynta…
Is covid even a thing… even?
9.10am – Os ti ddim yn ateb cyn hir… fi'n assumo bo ti di marw.
9.15am – Ti'n dead?
9.16am – Is there anybody out there???? Titanic moment… na? Not funny??
9.20am – Dad joke ife?

EFA:
9.30am – Wedi bod am wâc da myddyr.
9.31am – Gwd parti? Gweld bod Gwen 'na.
9.32am – Ti siŵr o fod di gweld hwn?

Anfonodd y fideo fach ati ac o fewn eiliadau roedd Cadi ar y ffôn.

'O, *my days*, ti'n jocan. Ti'n blydi jocan. O'n i 'na ond weles i ddim byd,' mynnodd Cadi.

Erbyn hynny roedd pawb wedi deffro, a'r byd i gyd yn siarad am Gwen a Cai. Roedd Gwen wedi ei roi ar ei Stori erbyn hyn hefyd. Dim ond am rai munudau. Roedd yn amlwg am i bawb gredu bod hi a Cai o ddifri.

'O, *my days.*' Cadi eto a'i llais yn llawn anghrediniaeth. 'Ma wyneb 'da'r ferch 'na. Alla i ddim credu. Ro'dd Cai yn feddw gaib. Alla i ddim credu'r peth. Ro'dd hi 'da Gruff pan welais i hi ddiwethaf. Ro'dd hi'n hongian hefyd... O'n i'n meddwl bod Cai a ti yn *sorted.*'

'O'n i'n meddwl hynny hefyd.' Ymdrechodd Efa i beidio llefen, ond roedd ei llais yn torri bob yn air.

Trodd y darlun yn ei meddwl. Methai gredu'r peth o hyd. Roedd hi wedi anwybyddu ei negeseuon bob un hyd yn hyn, ond wrth ddiffodd yr alwad wrth Cadi, pwy oedd yn ei ffonio ond y dyn ei hun. Allai hi mo'i anwybyddu rhagor.

'Do'dd hi ddim yn meddwl dim, ocê?' mynnodd Cai.

Wrth gwrs, meddyliodd Efa. Dyna'r frawddeg orau erioed. Ond doedd hynny ddim yn gwadu'r ffaith iddo ddigwydd yn y lle cyntaf.

'Hi na'th fy nghusanu i. O'n i 'di meddwi.'

Torrodd y geiriau fel llafnau bach.

'Fi'n gwbod shwt mae'n edrych. Ond o'dd hi 'di plano fe i gyd.' Gwyddai Cai fod ei eiriau yn swnio'n wag. Yn gelwydd bron.

'O'n i jyst yn sefyll fan'na yn yfed peint 'da Osh a 'ma hi yn... wel... wel...'

Gorffennodd Efa'i frawddeg drosto:

'Beth, ataco ti, ife? Druan bach â ti. Ma gorjys Gwen yn jwmpo arnot ti ac yn ataco ti yn erbyn dy ewyllys. Pam, Cai? Pam?'

'Hei c'mon, dyw e'n newid dim rhyngon ni. C'mon,

Efa, ti'n gwbod shwt fi'n teimlo ambiti ti.'

Ond cyn iddo gael amser i raffu rhagor o gelwyddau roedd Efa wedi mynd.

Ffrwydrodd Efa. Allai ddim credu'r peth.

Ceisiodd Cai ffonio eto. Ond chafodd e ddim ateb.

Pen tost

GORWEDDODD CAI AR ei wely. Roedd ei ben yn corco ers neithiwr. Roedd e'n difaru mynd i'r parti yn y lle cyntaf. Doedd e ddim yn deg. Efa oedd yr unig beth oedd yn cyfrif, a nawr doedd hi ddim am adael iddo esbonio ei hun, hyd yn oed.

Cadi. Gallai ddibynnu ar Cadi. Danfonodd neges.

Cadz, alli di weud wrth Efa bo fi'n sori?

Na. Dileodd y neges. Roedd pob esgus yn swnio fel esgus. Byddai'n rhaid iddo ei gweld. Ond roedd hi ar ei gwyliau yn y gogledd o hyd. Gallai feddwl am ddim ond Efa a blydi Gwen. Cydiodd yng nghornel y dwfe a chuddio oddi dano.

Roedd y tŷ yn dawel. Meddyliodd am godi. Ond doedd ganddo mo'r awydd i wynebu neb. Ac yna clywodd sŵn dieithr. Sŵn dyn. Doedd bosib bod CallmeJeff wedi cael *sleepover*?

Ych! Diflasodd. Roedd bywyd yn hollol gachlyd. Popeth yn hollol crap. Hollol bantslyd. A hwnnw'n bants gwlyb. Yn bants brwnt.

'Oh, hello, young man, and how was the barn dance? I thought I'd make your mother some breakfast.'

Roedd CallmeJeff wedi gwneud ei hun yn hollol gartrefol. Roedd wedi benthyca ei slipers hyd yn oed. Y cachwr. Wedi i Cai godi o'i wely roedd ei fam a CallmeJeff yn magu cwpanaid o goffi yr un ac yntau'n troi pancwsen felen yn y ffrimpan.

Cofiodd Cai amdano a'i dad yn dysgu eu taflu pan oedd yn iau. Fe a'i frodyr am y gorau yn taflu pancws tan i un lanio ar lawr, a'i dad bryd hynny yn arwr mawr wrth daflu un yn uwch na phawb arall.

Hiraethodd am y dyddiau hynny. Hiraethodd am y gorau o'r dyddiau hynny, cyn i bopeth chwalu. Roedd yn falch dros ei fam. Roedd yn falch ei bod yn hapus, ond diawch, diawlodd Cai, pam CallmeJeff? Roedd y dyn yn bleb llwyr. Roedd e'n gwisgo Lycra, er mwyn dyn, dim ond i esgus ei fod yn ffit. Roedd yn hen, yn felyn frown o botel ac yn fwy na dim, doedd Cai ddim yn hollol siŵr mai ei ddannedd go iawn oedd yn ei geg.

'*There you go, young man,*' meddai wedyn wrth ymestyn pancwsen fach i'w blât.

Young man, wir, meddyliodd Cai.

'*No, I'm alright, thanks. Not that hungry.*'

'*Oh, I see. A big night last night, was it?*' meddai gan ddal llygad ei fam, awgrym ei fod yntau wedi cael 'big night' hefyd. Ffieiddiodd Cai.

'A'th popeth yn iawn, Cai bach? Glywes i ddim ti'n dod adre.'

A chyn i Cai gael amser i ymateb, roedd CallmeJeff wedi dechrau arni.

'I remember when I was in uni…' gwrthododd Cai glywed mwy. Aeth y stori ymlaen ac ymlaen am o leia ddeg munud. Gallai Cai feddwl am ddim ond Efa. Nid ei fai e oedd hyn. Doedd e ddim hyd yn oed yn cofio llawer am y peth. Ond roedd Gwen yn gyfrwys. Allai erfyn arni i ddweud y gwir wrth Efa? Na. Syniad gwael. Gallai erfyn arni i dyfu lan a pheidio bod yn gymaint o gorcen hunanol.

'Anyway, ho ho, I said to myself, Jeffery, you've done it now, mate. And there I was, totally starkers in a field in mid Wales. Bloody hell of a weekend that was, I can tell you.'

Roedd ei fam wedi ei swyno ganddo. Llyncodd Cai gornel y bancwsen a theimlo'r cyfan yn gludo yn ei geg.

'Oh, darling, you're so funny.'

Darling? Bu bron i Cai chwydu. *Darling*? Ysgydwodd ei ben yn araf. Dychwelodd i'w ystafell wely. Newidiodd yn glou cyn mentro o'r tŷ, a Chelyn ar ei thennyn yn tynnu.

Mynd adref

Roedd Siriol newydd ddechrau cerdded. Cerddodd yn llaw ei chwaer fawr. Cododd Efa hi i'w chôl. Roedd hi wedi blino cerdded. Gwelai'r bwthyn bach ymhell yn y cwm erbyn hyn wrth i'r ddwy fentro am dro wrth i'w rhieni bacio'r car am adref. Cerddodd gam ymhellach a chlywed y gwynt yn chwipio drwy'r cwm. Sychodd drwyn ei chwaer fach. Sychodd ei dagrau ei hun. Roedd wedi anwybyddu galwadau Cai ers y bore. Doedd ganddi ddim i'w ddweud wrtho. Dim mwy na dweud ei bod yn dal yn ei garu. Ond roedd hyn yn newid popeth. Allai Efa ddim maddau iddo.

Gwelodd fod Gwen wedi cysylltu hefyd. Holi oedd hi a oedd modd iddi fod yn 'ffrindiau' wedi cwbwl! Awchai Efa i'w rhoi yn ei lle unwaith ac am byth. Difarodd gynnig clust i wrando iddi. Difarodd deimlo trueni drosti. Roedd yn ei chasáu. Gadawodd y neges ar agor.

Pwysodd ei ffôn yn ôl yn ei phoced a chario Siriol fach yn ôl i'r bwthyn.

Drwy'r cymylau, daeth llafn o haul.

'Edrych, Siriol, haul. Weli di'r haul, lan fan'na?'

Dilynodd Siriol fys ei chwaer a rhyfeddu ar ddüwch y cymylau uwch eu pennau.

'Wff, wff. Brr, brr,' ynganodd Siriol.

'Ydy, Siriol fach. Haul yn dwym... wff wff yw e.' Gwenodd o gael cynhesrwydd y corff bach hwn yn dynn amdani. Wff wff a brrr oedd bywyd, meddyliodd Efa.

'Fan'na y'ch chi. Ro'n i'n mynd i hala *search party* mas amdanoch chi. Pawb yn barod i fynd am adre, gwedwch?' Llais ei mam.

Mynd am adref a wynebu'r cyfan.

'Dere, Efa fach, daw popeth i'w le yn y diwedd, gei di weld.' Llais ei thad hefyd. 'Diawch, chi'n ddigon ifanc. Sdim ise dim byd rhy siriys, oes e?'

Gwasgodd ei mam ei braich yn dyner.

Deirawr yn ddiweddarach roedden nhw adref, a phwy oedd yn eistedd yn nghegin Mags drws nesaf, ond Cai. Doedd ganddo unman gwell i fod. Roedd Celyn y bocser yn cysgu wrth ei sodlau ac roedd e a Mags yn gwylio darts.

Cyn dadlwytho'r car roedd Mags mas.

'Wel, chi'n ôl 'de? *How was it*? Gwedwch wrth Anti Mags. Fisitor 'da fi fan hyn. Cai 'di bod yn watsio darts drwy'r pnawn. Joio darts, on'd y'n ni, Cai bach.'

Neidiodd calon Efa. Lledodd gwên dros ei hwyneb. Ond yna cofiodd.

Brasgamodd Cai tuag ati. Roedd am esbonio'r cyfan.

'Efa, gwranda.'

'Ie,' poerodd, yn gymysgfa o obaith a siom.

'Jyst ei ffordd hi o sarnu pethe rhyngon ni. 'Na gyd. Ti'n gwbod alla i ddim ei goddef. Do'dd e ddim hyd yn oed yn gusan.'

'Ro'dd e'n edrych fel cusan i fi.'

'Wel, na'th hi jyst... wel, ti'n gwbod.'

Doedd dim iws ymdrechu mwy. Cerddodd Efa i'r tŷ a chau'r drws ar ei ôl.

'Be sy'n bod, Efa fach? Dere nawr, dere 'ma at Anti Mags.' Ond roedd Efa wedi hen fynd.

'Sori, Mags,' ymddiheurodd ei mam ar ei rhan. 'Bach o gamddealltwriaeth, ife Cai?'

Hanner gwenodd hwnnw. Ond doedd dim iws aros. Roedd y drws wedi hen gau, a chalon Efa hefyd.

Trafod

Efa: Sai moyn siarad ambiti fe.

Cadi: Ffain. Dim probs.

Efa: Sori.

Cadi: Paid becso dim. Na beth ma ffrindie yn dda.

Efa: Training?

Cadi: Na. CBA.

Efa: Ie, fi'n gwbod. Pen tost. Ise awyr iach wedodd Mam.

Cadi: Tecsta i fe iti os ti moyn?

Efa: Wedes i sai moyn siarad ambiti fe. Ma fe di neud ei ddewis.

Cadi: Dewis? Sai'n credu bod dewis 'da fe rili. Dim 'da Gwen.

Efa: Cadi. Jyst paid, ok, sai'n gwbod beth i feddwl.

Cadi: Siarad 'da fe. Falle gallwch chi sorto pethe.

Efa: Na. Gad e.

Rygbi

'AMDANI NAWR, FERCHED.' Roedd Twmps, yr hyfforddwr, yn uchel ei gloch heno eto. Rhedodd Efa, yn benderfynol o gyrraedd y pyst cyn pawb arall.

'Da iawn, Efa, gwd gyrl. Bach o dân nawr, ledis. C'mon, ffitrwydd yw popeth, nawr rownd y cae unwaith eto a gewn ni gêm fach *friendly* 'da'r tîm dan 14.'

Suddodd y stydiau yn ddwfn i'r pridd gwlyb. Roedd hanner y merched heb ffwdanu dod i'r hyfforddiant heno. Rhy oer. Rhy wlyb. Rhy galed. Doedd Efa ddim am fod yno chwaith a dweud y gwir, ond roedd cael meddwl am rywbeth arall yn lle Gwen a'i hanturiaethau yn iachus.

'Ffrindiau'. Dyna oedd hi a Cai erbyn hyn. Dim byd mwy na ffrindiau. Hen air diflas. Doedd ganddi ond ryw lond dwrn o ffrindiau – ei mam, Cadi, Siriol, Mags efallai... Teimlai'n ddiwerth. Roedd y merched eraill yn y garfan yn ffrindiau mawr â'i gilydd. Treulio amser gyda'i gilydd yn y dref, partïo gyda'i gilydd ar benwythnosau, cysgu draw yn nhai ei gilydd. Ffrindiau go iawn. Wel, fel hynny roedd pethau'n ymddangos. Rhedodd.

Doedd Cadi ddim yno heno. *Concussion* oedd yr esgus, a gwaith cwrs i'w orffen cyn fory. Pam nad oedd hi yn un o'r gang? Pam nad oedd hi'n ffitio mewn? Roedd Cai a hi yn ffitio, ond bellach doedd dim pwynt i hynny, gan fod Gwen wedi sarnu'r cyfan.

Llifodd y dyddiau heibio a'r negeseuon yn diflannu o un i un. Treuliodd Efa oriau yn syllu ar ei ffôn. Cerddodd yr hewl fach gyda Myfanwy, yr ast sosej. Ond doedd dim sôn am Cai yn unman. Gwyddai ei fod yn ei hosgoi. Efallai mai arni hi oedd y bai. Efallai y dylai fod wedi esgus nad oedd dim byd yn bod. Roedd hi'n deall yn iawn sut un oedd Gwen.

Gwelodd hi yn y coridor ganwaith, a'r hen wên ffug felys yn ddigon i wneud iddi regi. Doedd gan Cadi fawr i'w ddweud wrthi chwaith, dim ond ei bygwth ambell waith pan nad oedd yr athro yn gwylio.

Roedd si bod rhieni Gwen yn gwahanu, ond doedd wybod os oedd hynny'n wir. Roedd Efa yn siŵr nad oedd am ffwdanu dangos unrhyw gonsýrn tuag ati'r tro hwn. Meddyliodd am ddial arni. Rhoi pryd o dafod iddi, tynnu ei gwallt, taflu carreg drwy ffenest ei chartref. Na, efallai fod hynny'n mynd rhy bell.

Gwyddai nad oedd fawr o bwynt yn hynny. Dim heno 'ta beth.

'*Plenty more fish in the sea*, Efa fach.' Cyngor ei thad eto.

'Ocê, Dad, jolch am y cyngor.'

'Credu gallet ti neud lot gwell na fe, os ti'n gofyn i fi.'

'Sai'n gofyn i chi.'

'Na? Wel, diolcha bod 'da ti *expert* yn y tŷ sy'n fodlon rhoi cyngor am ddim. Unrhyw bryd nawr, cofia. Dim ond gofyn sydd raid.'

Rhedodd Efa o un postyn i bostyn arall. Prin iddi weld y bêl. Doedd ganddi'r un awydd i daclo. Gadawodd i'r garfan glirio a'i dilyn yn ddi-ffws o gyrion y cae.

'Efa? EFA? Ti'n ocê?' Llais yr hyfforddwr.

Cododd ei bys bawd ato. Oedd, roedd hi'n berffaith. Nodiodd – doedd hi ddim am dynnu sylw ati'i hun. Ond y funud nesaf teimlodd galedwch y bêl ar ei thalcen.

'Blydi hel!'

'Sori.'

'Ti'n iawn?'

'Sori, bai fi.'

Teimlodd Efa'r dagrau yn disgyn. Allai hi ddim stopio llefen. Roedd siom yr wythnosau diwethaf wedi eu gwasgu'n bêl.

'C'mon, Efa, dere.' Cariwyd hi rhwng dwy, yn ôl i'r ystafelloedd newid.

Rhedeg

GWYLIODD CAI CALLMEJEFF a'i fam. Roedd e wedi cael gwahoddiad i wylio ffilm gyda nhw. Gwahoddiad yn ei dŷ ei hun. Roedd CallmeJeff wedi penderfynu gadael ei frwsh dannedd yno erbyn hyn ac ambell ddilledyn.

'*Change of clothes*,' fel ddywedodd e.

'Croeso iti ymuno â ni, Cai bach,' llais ei fam. Llowciodd honno'r gwin. Roedd Jeff yn dipyn o foi ar y gwin ac yn deall y gwahaniaeth rhwng gwin da a phiso dryw.

'It's the colour, you see, and the veins it makes on the glass. I love a good bottle of red. I remember ordering a case one Christmas from Fortnum and Masons… cost me a bloody arm and a leg!'

'Croeso?' Teimlai Cai fel dyn dieithr yn ei dŷ ei hun.

'Wel, ti'n gwbod beth wy'n feddwl. Croeso iti eistedd 'da ni a…'

'Na, mae'n olreit, Mam, ma Osian yn dod heibio mewn munud. Meddwl mynd am *run* lan y mynydd yn y tywyllwch.' Clymodd Cai ei esgidiau a gosod ei olau ar ei dalcen. Cerddodd am y drws.

'Oh, you leaving us, young man? You are more than welcome

to stay, snuggle up with your mum and me. Plenty of room on the couch, isn't there, darling?'

'No, you're alright, mate,' sibrydodd Cai dan ei anadl. O barch at ei fam doedd e ddim am regi na dweud wrtho ei fod yn blydi *weird* a bod e'n hollol anaddas i'w fam.

'Jeff, *you're a prat!'*

'Beth? 'Nest ti ddim gweud hynny wrtho, do fe?' holodd Osian wrth i'r ddau redeg lan y mynydd gan bwyll bach, eu goleuadau yn gylchoedd o'u blaenau.

'Naddo, ddiawl. Beth o'n i'n moyn gweud o'dd, *"Get out of my house, you sad old git. This is my house, you are not my mother's type and men your age should not wear Lycra".'*

'Ha!' chwarddodd Osian.

'C'mon, ma dy fam yn *stunner.* Beth ddiawl mae'n gweld ynddo fe, gwed?'

'Who bloody knows, Osh bach. Sda fi ddim cliw. Menywod. Merched. Ma nhw i gyd yn *mystery* i fi.'

'Ai, fi'n gwbod. Hi Efa dal ddim yn siarad â ti?'

'Nadi.'

'Hi Gwen dal yn *stalko* ti?'

'Odi.'

'Ma cnoc arni. Crac yn y basin, os ti'n gofyn i fi. *Totally clean off,'* ychwanegodd, o gofio ei brofiad ei hun â hi. *'I mean,* mae'n bert, ond ma lot o ferched pert â sgriw yn rhydd yn rhywle. Ocê, falle o'dd bai arna i ofyn am *nudes,* ond *hell*, dim fi na'th rannu nhw. Tomos o'dd hwnnw. 'Na gyd 'nes i o'dd… wel, eniwei. Sai'n *bothered*. Mynd i safio am gar. Car yn rhwyddach na merched.'

'Safio am gar? Diawch, ma misoedd 'da ti 'to nes dy fod yn un deg saith.'

'Ie, ond ma insiwrans yn ddrud uffernol. Rhai bois yn talu dros dair mil o bunne gyda Black Box.'

Carlamodd eu coesau yn unsain ar hyd yr hewl fach. A gwelodd y ddau olau ambell ffarm yn y pellter. Milltir arall ac fe fydden nhw'n dod am i lawr ac yn ôl i'r pentref. Rhedodd y ddau yn fud am funud a theimlo rhythm eu hanadlu yn arafu wrth redeg ar ddarn gwastad o hewl. Cafodd Cai gip ar ei oriawr. Roedden nhw'n gwneud amser da. Roedd wrth ei fodd yn rhedeg. Gallai deimlo holl faich y byd yn hedfan o'i ysgwyddau. Teimlodd gyhyrau ei goesau yn rhuthro o'i flaen a dim i'w wneud ond gadael i'w bwysau ddisgyn un cam ar y tro.

'Ti'n meddwl dylen i hala neges ati?'

'Ti off dy ben? Hala neges at Gwen, i weud beth, gwed? Plis stopa *stalk*o fi?'

'Dim Gwen achan, Efa.'

'O! Ti wir yn credu? Wel, ie, cer amdani. Amser *and all that*, ife?'

'Beth?'

'*Time is a great healer*… neu rywbeth fel'na.'

Doedd gan Osian fawr o brofiad gyda merched a dweud y gwir. Ond synnodd at ei ddoethineb ei hun. Prin y gwyddai sut llwyddodd i gofio'r cyngor am amser yn gwella, ond, wel, roedd Cai yn ffrind da.

'Doniol, 'sot ti'n meddwl?' myfyriodd Osian. 'Un funud, ma pob merch moyn ti, a'r funud nesa, sneb moyn ti.'

Cydsyniodd Cai wrth loncian drwy'r pentref. Roedd popeth yn dawel, heblaw am ambell gar prin.

'Un funud ma popeth yn mynd yn grêt 'da Efa, a bwm, y funud nesa...' meddyliodd Cai.

'... a bwm y funud nesa,' dechreuodd Osian, 'ti'n rhedeg lan y mynydd 'da dy ffrind a pwy sy'n digwydd bod yn mynd â'r ci am dro...'

'O blydi hel,' rhegodd Cai.

'Be sy'n bod?'

'Sda fi ddim byd i weud wrthi.'

'Hwn yw dy gyfle di,' anogodd Osian. 'Gwed wrthi, *I love you, I need you,*' sibrydodd a gwên ddrygionus ar ei wyneb.

'Bydd ddistaw, achan, falle glywith hi ti,' rhybuddiodd Cai.

'Dere, baca i ti lan nawr. Jyst gwed bod y *friend zone* ddim rili'n gweithio a bod ti'n...'

'Beth?'

'Desbret.'

'O, jolch yn fowr!'

'I weithio pethe mas.'

Pan ddaeth y ddau i gwrdd ag Efa, doedd fawr gan yr un o'r ddau i'w ddweud. Osian dorrodd y tawelwch lletchwith.

'O! Ci sosej, ife?' Ond wrth blygu i roi maldod iddi, dechreuodd Myfanwy gyfarth ac ysgyrnygu.

'Ie. Dyw hi ddim yn lico pawb.'

'*Steady, girl*. Sdim ise cnoi.'

Teimlai Efa'n lletchwith, fel pe bai'n aros i Cai ddweud rhywbeth. Ond wnaeth e ddim. Dim ond edrych ar Osian yn diddanu'r ast fach.

'Fi'n joio cŵn, wastad wedi moyn un, ond ma Mam yn OCD,' dechreuodd Osian. 'Tŷ ni fel pin mewn papur, fel ma'n *Welsh teacher* wastad yn gweud. Licen i gael pyg, ond lot o *nasal issues* 'da nhw. Dim trwyn, *overbred*. Eniwei. Ie, eniwei… noson ffein, on'd yw hi? Wel, fi'n credu af i mlân. Dal lan 'da fi mewn bach, ife Cai? Mêt.'

Cochodd Cai at fôn ei glustiau. Prin fod unrhyw olau ond golau'r dortsh ar ei dalcen a golau'r stryd. Diolchodd am hynny.

'Popeth yn iawn 'da ti?' holodd Cai yn y diwedd, cyn dwrdio ei hun am beidio meddwl am rywbeth gwell i'w ddweud. Ysai o waelod calon i ofyn iddi gwrdd, iddyn nhw gael siarad fel roedden nhw'n arfer gwneud. Ysai Efa am hynny hefyd, ond…

'Odyn, pawb yn gwd 'co, pawb.'

'Gwd, fi'n falch. Ti'n credu… ti'n credu allwn ni…'

'Cai, myn, c'mon!' gwaeddodd Osian o ben pellaf yr heol.

'Ie, fi'n dod nawr,' gwaeddodd Cai yn ôl. 'Ti'n credu allwn ni falle…' Pwyllodd i ddewis y geiriau gorau.

'Cai, c'mon, ma bwci bos mas!' Clywodd lais Osian yn chwerthin yn y pellter.

Agorodd Efa ei cheg. Ysai i glywed beth yn gwmws oedd cynnig Cai. Ond cyn iddi fedru dweud mwy roedd Osian yn ei ôl a Myfanwy fach yn cyfarth arno.

Y brifathrawes

'MR LLEW, MR Llew, ga' i air?'

Y brifathrawes oedd yno. Roedd ei hwyneb yn awgrymu bod rhywbeth o'i le. Teimlodd Mr Llew ei fola'n troi. Doedd e ddim yn hoff iawn o'r brifathrawes newydd. Tueddai i guddio rownd corneli ac ymddangos pan nad oedd pethau'n mynd yn dda arno, neu pan fyddai'n hwyr yn cyrraedd ben bore.

'O, Mrs Jones. Bore da. Neud y rownds, ife?' Meddyliodd dorri'r tensiwn gyda'i hiwmor arferol. Ond doedd Mrs Jones ddim hyd yn oed yn gwenu. Dilynodd i'w hystafell. Caeodd y drws. Cynigiodd iddo eistedd. Eisteddodd.

'Wel, Mr Llew, mae hwn yn fater braidd yn sensitif, ond wel, shwt alla i weud hyn...? Ma cwpwl o rieni wedi cwyno. Nawr, alla i ddim gweud wrthoch chi pwy yw'r rhieni hyn, ond — '

'Pwy fath o gwyno?'

'Cwyno,' agorodd Mrs Jones ei gliniadur a darllen rhestr o gwynion iddo. 'Gwaith cartref, tasgau anaddas, diffyg disgyblaeth, swmp y gwaith yn y llyfrau braidd yn... denau.'

'Wel, alla i esbonio.'

'Tasgau heb eu marcio, hwyr i wersi, gadel disgyblion mas o wersi yn gynnar.'

'Wel, o'dd —'

'Gwylio ffilm yn y gwersi darllen, defnyddio disgyblion i hôl pethau o'r car adeg arholiad, sibrwd atebion adeg arholiad. Chi'n gweld y patrwm.'

'Wel,' dechreuodd Mr Llew, ond chafodd e ddim amser i orffen ei frawddeg.

'Bwyta adeg gwersi, cnau, wyau, ac ambell ddisgybl sydd ag alergeddau i gnau ac wyau YN y dosbarth, defnyddio disgyblion i lanhau stordy yn hytrach na'u dysgu, annog disgyblion i chwarae ar eu ffonau fel trît diwedd gwers...'

'Wel, ymchwil o'dd hynny.'

'Ond, Mr Llew, fel ysgol mae gyda ni safonau. Disgwyliadau. Ac mae ein rhieni yn anfon eu plant yma i gyflawni eu potensial, i lwyddo. Nid i... beth wedwn ni... beth yw'r gair?'

Ysgydwodd y brifathrawes ei phen. Roedd Mr Llew wedi cael rhybudd fwy nag unwaith. Edrychodd arno, ei siaced fach yn frwnt, ei wyneb heb ei siafo. Mae'n siŵr ei fod yn gwisgo'r un dillad ers dros ugain mlynedd. Dros ddeugain, efallai.

Roedd meddwl Mr Llew yn rasio am ateb. Methodd feddwl am ddim. Y gwir amdani oedd ei fod wedi cael digon. Roedd y plant yn heriol. Rhai yn hollol boncyrs! Doedd ganddo ddim amynedd. Erbyn iddo geisio rheoli ei ddosbarthiadau a chael pawb i eistedd a thynnu eu llyfrau, roedd yn got o chwys a'i ben yn corco.

Ysgydwodd Mr Llew ei ben. Sibrydodd, bron iddo'i hun yn fwy nag iddi hi.

'Alla i ddim neud hyn rhagor, Mrs Jones. Gwenda.'

Culhaodd llygaid y brifathrawes.

'Mae'r hen blant 'ma off eu blydi penne! Alla i ddim cymryd lot mwy. Sai'n teimlo bod 'da fi unman i droi. Sdim cefnogaeth pan ma plant yn ymladd, yn rhegi, yn sarnu pethe.'

'Nawr, Mr Llew —'

'Dwi 'di bod yn dysgu ers dros bum mlynedd ar hugain. A ma rhieni yn cwyno? Cwyno amdana i? Mowredd dad.' Ysgydwodd Mr Llew ei ben eto. 'Fydde fe'n fendith i ambell un ddod mewn i weld shwt ma'u plant nhw'n bihafio 'ma o ddydd i ddydd. Mae'n ddigon i hala dyn yn alcoholig!'

'Aaa! Nawr, Mr Llew, rydyn ni i gyd dan bwyse.'

Roedd Mr Llew wedi cael llond bola.

'Dan bwyse? Na! Gwrandwch chi 'ma...' Cododd ar ei draed a phwyntio'n gadarn ati. 'Fi 'di rhoi blynyddoedd gore 'mywyd i'r blydi plant 'ma, a beth dwi'n gael am wasto fy mywyd fan hyn? Beirniadaeth!' gwaeddodd. Diferodd hen boer o'i geg. Roedd Mr Llew yn benwan.

'Nawr wir, Mr —'

'Plesio rhieni. 'Na gyd yw hyn!' Brasgamodd Mr Llew am y drws. Gadawodd y brifathrawes iddo fynd. Roedd yn amlwg dan deimlad. Slamiodd y drws ar ei ôl.

Yn anialwch y coridor roedd y plant fel mwncïod. Rhoddodd Mr Llew floedd orau ei yrfa:

'TAWELWCH!!!!!!'

Fentrodd neb ei herio'r diwrnod hwnnw. Diflannodd pob diawl yn dawel i'w dosbarthiadau.

Llithrodd Mr Llew yn dawel i'w ffau ei hun. Gosododd ei ben yn drwm yn ei ddwylo a theimlo holl faich y blynyddoedd yn ei lynu i'w ddesg.

Methodd ddeall y peth. Doedd pethau ddim fel hyn yn yr hen ddyddiau. Oedden nhw cynddrwg? Anodd ganddo gredu. Treuliodd bron i hanner awr yn meddwl am y peth, a dim sŵn yn unman heblaw am fys y cloc bach ar ei ddesg a'i dician ffyddlon.

'Syr? Syr?' Anwybyddodd y llais.

'Syr, allwn ni ddod mewn nawr?'

Roedd wedi anghofio'r cyfan amdanyn nhw. Cododd ei ben o'i blu. Roedd rhes o ddisgyblion yn sefyll yn dawel y tu fas i'w ddrws. Cododd i'w harwain i'w seddi. Ac yn y distawrwydd llethol, dysgodd Mr Llew ei wers orau erioed.

Torri

'O, Efa!'

Gwen oedd yno. Gorjys Gwen a'i gwallt wedi ei steilio'n gwrls pert.

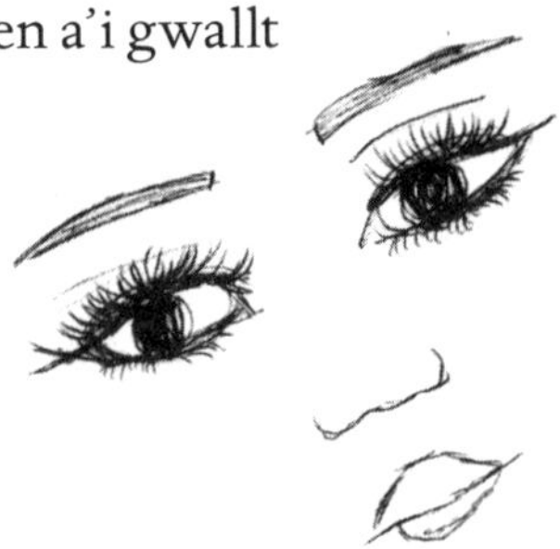

Rhythodd Cadi arni. Prin ei bod wedi torri gair gyda nhw ers wythnosau. Synnodd Efa o'i gweld yn dod tuag atyn nhw.

'Clywed bod ti'n meddwl dechre yn y *gym*?' meddai Gwen.

'Pwy wedodd wrthot ti?' Poerodd Cadi ar ei rhan.

Syniad Cadi oedd ymuno. Codi bach o bwysau, gwella ffitrwydd, cryfhau. Doedd Efa heb ystyried y peth o ddifri, a dweud y gwir. Cytuno er lles Cadi wnaeth hi. Roedd Cadi yn awyddus i golli pwysau, er nad oedd wedi cyfaddef hynny wrth neb. Doedd cael ei galw yn Fatty ddim yn hwyl, ac er iddi roi crasfa i unrhyw un fyddai'n ddigon cegog i fentro ei galw'n dew, dymunai yn fwy na neb i gael corff nad oedd gas ganddi ei ddangos ar gae rygbi. Tynnu ei chrys T dros ei bola ac ailosod ei siorts fyddai hi o hyd.

Roedd wedi trio deiet ganwaith o'r blaen. Ond mynd am lan ac nid lawr fyddai'r rhifau ar y glorian.

'Odyn,' atebodd Efa, 'er beth sda hynny i neud 'da ti?'

Chwarddodd Gwen. Roedd hi'n denau fel coes brws. Welodd neb hi'n bwyta erioed, heb sôn am gadw'n heini. Doedd dim rhaid iddi. Ysgyrnygodd Cadi ei dannedd. Doedd dim yn waeth ganddi na merched fel Gwen. Doedd ond angen i Cadi wynto bwyd ac roedd botwm ei throwser yn gwasgu'n dynnach.

'O, hileriys. Fatty a Skinny *strike again*,' meddai cyn swagro i lawr y coridor yn chwerthin iddi ei hun.

'Well bod yn dew na bod yn slag,' poerodd Efa. Roedd wedi cael llond bola ar gadw'n dawel a pheidio pechu.

'Beth wedest ti? Beth alwest ti fi?'

'S.L.A.G.' sillafodd Cadi.

'O, *well done*, falch bod ti'n gallu sillafu. Meddwl bod ti'n rhy dwp i hynny.'

'Ti sy'n dwp, Gwen fach, a ma pawb yn gwbod hynny hefyd.'

Caeodd Gwen ei cheg. Meddyliodd am ateb. Ond doedd ganddi ddim. Cydiodd yn ei bag a dianc yn dawel i'r tŷ bach. Doedd ganddi ddim un ffrind i'w dilyn. Dim un. Teimlodd Efa gymysgedd o gynnwrf. Cydiodd yn ysgwydd Cadi a chwerthin. Am y tro cyntaf erioed, roedd hi wedi cael y gorau ar Gwen.

Caeodd Gwen y drws yn glep. Clodd y drws ar ei hôl. Llifodd y dagrau'n araf ar hyd ei bochau. Roedd hi wedi gwneud cachfa o'r cwbwl. Roedd hi'n casáu'r ysgol.

Roedd hi'n casáu pawb a phopeth ynddi. Erfyniodd ar ei mam i symud ysgol. Dechrau eto yn rhywle arall, lle nad oedd neb yn gwybod dim amdani. Ond roedd ei hanes wedi mynd o'i blaen. Roedd ei mam yn poeni mwy am ei hysgariad na dim arall, a'i thad, wel, doedd e heb fod adref ers misoedd. Plygodd Gwen ei hun yn llai ac yn llai. Ymestynnodd i'w phoced a chael gafael yn ei hunig ffrind. Gwasgodd hwnnw yn galed i groen ei braich. Tynnodd linell dan y cyfan. Llinell denau. Llinell goch. Cyn dechrau eto.

Mags

'NAWR, SAI'N GWEUD bod yr HD *eyebrows* 'ma'n siwtio pawb, ond wy 'di mentro. Be ti'n feddwl?'

Roedd Mags wedi tanio ffag arall ac yn tynnu yn ei hyd.

'O, sori bach, chwytha i'r mwg mas ffordd hyn. Paid ti anadlu hwn nawr, reit, a paid ti dechre smoco. Hen beth gwael ofnadwy. *Vapes* wedyn, waeth na dim byd. Sticia di at bach o *chewing gum* nawr ac yn y man.'

Roedd Mags wedi cael aeliau newydd. Rhai tipyn duach na'r hen rai. Ar ôl blynyddoedd o blycio, prin fod un blewyn ar ôl ar ei hwyneb.

'O! Ma nhw'n neis, Mags. Siwto chi,' ymdrechodd Efa. Ond doedden nhw ddim yn neis yn anffodus. Safai'r ddwy ael fel dwy falwoden dew ar dalcen Mags.

Eisteddodd Efa ar y soffa. Roedd angen menthyg bach o fflŵr arni ar gyfer coginio cacen i'r wers goginio yfory. Doedd gan ei mam ddim amser i fynd i siop, felly Mags oedd yr opsiwn gorau.

'Ie, ma nhw'n rili naturiol, Mags, siwtio chi. Bydd hanner cwdyn o fflŵr yn ddigon. Cacs bach fydda i'n neud. Prynhawn lles. Ni'n cael dewis rhywbeth gwahanol bob pythefnos. Drama 'nes i tro diwetha. Cwcan tro 'ma. Dof i draw â rhai i chi os chi moyn?'

'O na, ma Mags ar ddeiet. Wedi stwffio nes 'mod i'n dost. Gorfod colli stôn cyn i fi fynd ar y crŵs fis nesa.'

'Ddylech chi ddod 'da ni i'r *gym*, Mags. Cadi a fi'n meddwl dechre nos fory ar ôl ysgol.'

'Ho, *my giddy aunt*. Fy oedran i? Ti off dy ben, Efa fach. Codi'r rimôt a watsio bach o darts neu snwcer fydda i. Dim iws codi dim byd arall neu fydda i mor wan â blewyn. Beth yw hanes y crwt 'na o'dd gyda ti 'de? Sai wedi ei weld e biti'r lle ers wythnosau. Cai bach yn lyfli boi. *Very polite*.'

'So ni'n mynd mas ragor, Mags.'

'Ooo, 'na drueni. *Very well mannered* hefyd. Dweud diolch am bopeth, a dim ond glased o sgwosh ga'th e a chwpwl o Jaffa Cakes! Wel, chi'n ddigon ifanc. Wedi symud mlân, odi fe?'

'Wel, odi a nadi.'

Arllwysodd Efa ei chalon i Mags. Dywedodd wrthi am Gwen, am y parti. Gwrandawodd Mags arni'n dawel. Crychodd honno ei haeliau newydd. Nodiodd ei phen, ac erbyn y diwedd, roedd Efa'n teimlo dipyn yn well. Roedd popeth yn gwneud mwy o synnwyr ar ôl iddi rannu'r gofid gyda Mags.

'O, *first cut is the deepest*, Efa fach. *First cut...*'

Roedd Efa'n teimlo'n ysgafnach ei byd. Braf oedd cael

rhannu gofidiau gyda rhywun nad oedd yn becso dim am bethau bach dibwys. Aeth Efa am adref gyda'r cwdyn o fflŵr yn saff yn ei llaw.

Ffrindiau

Cadi: Oes copi o llyfr English 'da ti?

Efa: Ma fe ar Teams.

Cadi: Credu bo' fi 'di tynnu mysl. Ffili symud.

Mam: Dere lawr i swper. Ma fe ar y ford.

Efa: Ocê. Dwi'n dod.

Cadi: Ti'n mynd i *training* heno? Fi ffili. Dim lifft.

Efa: Na, sai'n mynd os nad wyt ti'n mynd. Bygyr it.

Mam: Dere lawr â dillad gwely i Siriol.

Efa: Pwy rai?

Mam: Unrhyw un. Dere â papur toilet hefyd.

Cadi: Sorton ni Gwen mas heddi, dim chwarae.

Efa: Do glei.

Cadi: Weles i ddi mewn 'da Vel Derbynfa yn y stafell feddygol. *Sad act*. Llefen a chwbwl. Vel yn edrych yn *pissed off*.

Efa: Gad iddi. Ro'dd hi'n haeddu popeth ga'th hi.

Cadi: Ti'n iawn. Ond *typical* Gwen. Moyn ffys o hyd.

Efa: Mynd i swper. Wela i di wedyn. Mam yn gweiddi.

Cadi: O, siriys de. Cer glou. Alli di byth gwrthod bwyd. Ti byth yn gwbod pryd fydd ise fe arnot ti. Stoc yp.

Efa: Ie, ti'n iawn. *Big news* 'ma. Dad yn meddwl neud Hanner Marathon Great Welsh. Codi arian.

Cadi: Rili? O god… odi e'n gallu rhedeg?

Efa: Ma fe'n mynd i ddechre treino.

Cadi: Blydi hel, Efa. Ma fe'n bell. Rili bell… *as in, I'm going to die* pell… *I can't breathe* pell…

Efa: Fi'n gwbod. Ond ma Dad yn meddwl rhoi cynnig arni. Falle joino grŵp rhedeg. I godi arian achos Mam.

Cadi: Ie *fair play*, fi'n deall hynny, ond ma hanner marathon yn bell. Falle ddyle fe ddechre 'da 5k Race for Life?

Efa: Ha, ti'n iawn. Ond un fel'na yw Dad.

Cadi: Wedi bod yn meddwl. Am y *gym* thing 'ma. Sai'n credu alla i, ti'n gwbod.

Efa: O, c'mon.

Cadi: Fi jyst ddim…

Efa: Cadi myn. Bach o sbort fydd e. Ma boi sydd bia'r *gym* yn cŵl. Roith e list o fwyd i ti, *training plan*, ewn ni 'da'n gilydd. Jyst am bach. Ti byth yn gwbod, falle blwyddyn nesa byddwn *ni*'n neud hanner marathon.

Cadi: Hy! *Like hell*, Efa. Digon hawdd i'r boi bach tenau 'na yn y ffrynt i redeg. Fi'n gorfod cario chwech ohono fe ar fy nghefen! *Different league*!!

Efa: Reit, fi bownd o fynd i swper. Mam 'di galw 'to. A Dad. A Siriol. *Gym* nos fory. *Be there*.

Cai: Hei.

Syllodd Efa ar y sgrin fach yn ei llaw. Cai.

'Byta dy swper, Efa fach, a rho'r ffôn 'na heibio. Prin ti'n gweud dim wrth dy hen dad erbyn hyn.'

'Beth y'ch chi moyn gwbod?' holodd Efa.

'Wel, jyst meddwl shwt ddiwrnod ti 'di cael heddi?'

'Iawn.'

'Efa fach, dy dad sy fan hyn yn holi shwt wyt ti a dim ond, "Iawn"?'

'O, Dad, wir. Ysgol o'dd e. Ddigwyddodd ddim byd ecseiting. Jyst gwersi.'

'Reit, ocê, sdim ise cnoi 'mhen i bant. Jyst dangos bach o gonsýrn. Bach o ddiddordeb. Siriol fach a fi'n siarad drwy'r dydd… yn dwyt ti, Siriol fach? Gwd gyrl fach Dadi.' Rhwbiodd ei thad ben ei chwaer fach. Gwenodd honno arno rhwng llond ceg o dato menyn.

'Iawn, beth y'ch chi moyn gwbod?' poerodd Efa yn swta.

'Dim. Dim.'

Bwytodd Efa yn dawel gan gadw un llygad ar sgrin ei ffôn. Roedd Cai wedi bod ar ei meddwl ers amser, ond doedd hi ddim am fentro anfon negeseuon yn ôl ato. Teimlodd gymysgfa o emosiynau. Cliriodd ei phlât ac aeth i helpu ei mam.

'Be sy'n bod, pwt? Ti'n iawn?'

'Odw, Mam, fi'n grêt. Cadi a fi'n meddwl mynd i'r *gym* nos fory. Iawn i fi fynd? Fyddwn ni ddim yn hir.'

'Wrth gwrs hynny, Efa fach. Rho ffôn pan fyddi di 'di bennu, ac fe ddof i draw i dy nôl.'

Gwasgodd Efa ei hun yn dynn i'w mam.

'Be sy, pwt? Be sy'n bod?'

'Dim,' meddai Efa. 'Jyst falch bo' chi gatre.'

'A finne, pwt, a finne.'

'Dere, ma dy dad 'di llenwi'r pwll dŵr oer mas yn yr ardd i ni. Dere, ewn ni mewn am bach, be ti'n feddwl? *Mind over matter*?'

Brasgamodd Efa i nôl ei gwisg nofio. Cydiodd mewn tywel ac o fewn dim roedd hi a'i mam lan at eu canol yn y pwll dŵr oer.

Safodd ei thad wrth ddrws y bac a Siriol yn ei freichiau. Rhaid ei fod yn oer. Cododd ager cynnes o'u cegau. Ymlaciodd y ddwy i dawelwch y dŵr a disgyn yn is i'w ganol.

Gyrru

CODODD CAI HANDBREC y car. Roedd CallmeJeff wedi cynnig ei ddysgu i yrru. Gan ei fod yn hen yn ei flwyddyn, byddai Cai yn medru cynnig am ei brawf gyrru ym mis Medi. Roedd CallmeJeff wedi holi yn barchus i'r ffermwr drws nesaf os oedd modd iddo ddefnyddio'r cae y tu ôl i'r tŷ i roi ambell wers yrru i Cai.

Cafodd afael mewn hen groc ar Swap Shop, ac o fewn yr awr roedd Cai wedi llwyddo i danio'r car a'i osod mewn gêr.

'That's it, young man, you'll soon get the hang of this driving lark! Now then, steady as she goes. That's it. Throttle, throttle, keep the old girl steady, and second gear, keep her revving for more, and mind the tree... That's it.'

Roedd CallmeJeff yn dipyn o athro, ac er nad oedd Cai yn or-hoff ohono roedd cael dysgu gyrru am ddim yn syniad da i Cai. Dychmygodd ei hun yn gyrru go iawn. Cael rhyddid i fynd fel y mynnai. Sbin i fan hyn a sbin i fan 'co.

Trodd yr olwyn. Pwysodd yn drymach ar y sbardun a dilyn y clawdd o amgylch y cae. Roedd CallmeJeff yn ei elfen hefyd.

'As I've retired, we can spend some quality time together. Wouldn't that be great?'

Daliai CallmeJeff yn dynn yn nolen y drws a theimlodd Cai yr awydd i fynd yn gyflymach. Gallai glywed CallmeJeff yn anadlu'n ddwfn a heb feddwl ddwywaith cydiodd Cai yn yr handbrec nes bod cynffon y car yn chwyrlïo o amgylch.

'Steady on, young man.'

Ond roedd Cai yn wên o glust i glust. Teimlodd y llyw dan ei ddyrnau ac er mai hen groc 1.2 oedd ganddo, teimlodd fel petai'n gyrru V6 ei fam.

'Nothing like a bit of speed, is there, young man? Used to drive a Jag myself – didn't I tell you?'

'Yes, you did, Jeff.'

'Plenty of juice now then, young man, and bring the old girl down the middle of the field. Mind the bumps…' ond roedd y rhybudd yn rhy hwyr. Tasgodd CallmeJeff o'i sedd tan i'w ben fwrw'r to.

'Bloody hell!'

Chwarddodd Cai. Efallai nad oedd yr hen CallmeJeff cynddrwg â hynny wedi'r cyfan.

Rownd a rownd aethon nhw, tan fod ôl yr olwynion yn frown ar y borfa. Wedi gyrru'n dda am ryw awr, rhaid oedd dysgu dod i stop. Roedd Cai yn ddysgwr cyflym ac yn ei elfen y tu ôl i'r llyw. Esboniodd CallmeJeff iddo am bwysigrwydd *clutch control*. Ac ar ôl pwldagu droeon deallodd Cai sut oedd dod i stop yn gywir.

'Now then, what about reversing? Always a handy skill on

country roads, plenty of farmers in their tractors and trailers, always handy to learn to back up. I remember once, when I first moved to these parts, coming down a country lane and this young chap, probably 16 or 17, driving a huge – and I mean huge – tractor... Well, I said to myself, Jeff old boy, this town ain't big enough for the both of us, so I backed up into this layby and waited for the bugger to pass. Bloody idiot didn't even slow down, nearly took half my wing mirror off.'

Chwarddodd Jeff. Roedd e wrth ei fodd yn adrodd ambell stori am ei anturiaethau ei hun. Gwenodd Cai. Roedd yr hen Jeff yn iawn yn y bôn.

Esboniodd Jeff wrtho sut i edrych yn y drych. Drych canol. Drych chwith. Drych dde. Gosod mewn gêr ac yn araf, araf bach, fynd am yn ôl. Am yr hanner awr nesaf, ymarferodd Cai sut oedd mynd am 'nôl. Teimlodd ryw falchder ynddo'i hun, ac addawodd CallmeJeff fynd ag e i yrru unrhyw byd yr hoffai. Gwenodd Cai. Pwy fyddai'n meddwl y byddai CallmeJeff yn gystal cwmni?

Iwan

EDRYCHODD GWEN AR ei hadlewyrchiad yn y drych. Doedd hi heb fod yn yr ysgol ers wythnos. Dywedai wrth ei mam ei bod yn sâl.

'Pen tost, Mam. Alla i ddim mynd mewn, alla i ddim canolbwyntio.'

Bodlonodd ei mam ar hynny am y tro, ond roedd hynny yr wythnos diwethaf. Gwyddai Gwen y byddai'n rhaid iddi wynebu pawb cyn hir. Methodd feddwl am esgus arall. Ymbiliodd am newid ysgol. Anfonodd neges at ei thad hefyd, yn y gobaith y byddai ganddo funud i fecso amdani. Ond roedd e'n brysur. Cynigiodd dalu am gwnselydd iddi. Cynigiodd bâr newydd o esgidiau iddi. Addawodd y câi ddod ato am y penwythnos, pan fyddai'n ôl o'i gyfarfod... o'i gwrs... o'r golff... o'r gynhadledd.

Ffôn. Beth am ffôn newydd? Beth am un o'r rheini? Beth am got newydd? Gwyliau ysgol? Sgio? Pa ferch Blwyddyn 10 fyddai ddim am fynd i sgio?

Ond roedd Gwen wedi hen syrffedu ar gael pethau newydd. Roedd yr hen deimlad hwnnw wedi ei llethu unwaith eto. Efallai ddylai fynd at y doctor? Roedd ei mam yn well ar ôl iddi gael rhyw dabledi neu'i gilydd. Ac er nad oedd honno'n grac gyda hi rhagor, roedd hi fel pe bai wedi mynd ar goll hefyd. Prin y gallai edrych arni, heb sôn am wrando arni. Oedd, roedd hi yn yr un ystafell â hi, weithiau, ond doedd ganddi ddim ddiddordeb, dim mewn gwirionedd.

Hiraethai Gwen am deimlad arall. Teimlad gwell na'r tywyllwch hwn.

Clywodd y llais bach unwaith eto. Llais bach, llais cas...

'Cer. Gad lonydd i fi!' gwaeddodd Gwen. Ond doedd y llais ddim yn gwrando. Methai fwyta. Roedd y llais wedi dweud wrthi ganwaith ei bod yn dew, ei bod yn hyll.

Syllodd Gwen ar ei breichiau. Roedd ôl llinellau newydd yn torri drwy'r meddalwch. Gwasgodd liw haul ffug i'w cuddio. Lledaenodd hwnnw ar draws ei braich. Gorchuddiodd y gwyn a'r coch, y streipiau unffurf. Rhwbiodd ei chroen tan ei fod yn boenus goch. Gwisgodd ei masg amdani o golur lliw tywod. Aeliau trwm. Gwefusau coch. Bochau. Syllodd eilwaith ar ei hadlewyrchiad. Ei gwallt, sythodd hwnnw, trodd y gwaelod. Gallai hoffi ei hun fel hyn? Allai weld gwerth? O'r tu fas edrychai'n dlws. Edrychai'n hyderus. Ond edrychiad ffug oedd hwnnw. Dim ond esgus dros dro.

Roedd Ffion a'r merched eraill wedi cysylltu sawl gwaith erbyn hyn. Gofyn iddi fynd draw neu fynd i'r dre brynhawn Sadwrn i siopa. Ond doedd dim chwant arni o gwbwl. Methai ddeall ei hun. Llynedd roedd hi yng nghanol popeth. Pob drama. Popeth. Hi ei hun oedd y tu ôl i'r nosweithiau gorau, y partïon, y teithiau i Gaerdydd.

Ond nawr, allai yn ei byw ddim meddwl am ddim byd ond am guddio yn ei hystafell wely.

'Gwen? Gwen?' Ei brawd oedd yno. Roedd e'n sefyll yn nrws ei hystafell wely. 'Wyt ti'n mynd mas i rywle? Gweld bod ti 'di newid a rhoi *make-up* arno...'

'Cer o 'ma. Dyw e ddim o dy fusnes di,' poerodd Gwen.

'God, Gwen!'

'Jyst cer mas, reit. CER MAS! SAI MOYN TI FAN HYN, REIT.'

Ond gwrthododd ei brawd symud. Cerddodd yn araf i mewn i'w hystafell. Eisteddodd ar y gwely. Rhythodd Gwen yn gas arno. Doedd dim busnes ganddo fod yn ei hystafell hi. Ond gwrthododd symud.

Esgusodd edrych ar y posteri ar ei wal. Cydiodd mewn hen gylchgrawn *Vogue*. Trodd ambell dudalen.

'Fi'n... Fi'n becso amdanot ti, Gwen.'

'WEL, SDIM ISE ITI, FI'N FFAIN!' bloeddiodd ato.

'Ti ddim yn ffain. Fi'n gwbod... bod ti ddim. Ti ddim 'di bod yn ffain ers wythnose.'

'GAD fi fod, reit!'

'Gwen, sai'n mynd, reit. Sai'n gadel. Galli di weiddi faint ti moyn. Ond ti yw'n chwaer fach i a... fi'n gwbod, reit.' Symudodd ei brawd i ymyl y gwely. Ymestynnodd ei law i gysuro ei chwaer. Ond roedd Gwen fel rhyw gath wyllt. Symudodd oddi wrtho.

Cydiodd ei brawd mewn llun ohonyn nhw fel teulu o'r cwpwrdd ger y gwely. Syllodd arnyn nhw yn bedwar – Mam, Dad, Gwen ac yntau. Gwenodd wrth gofio'r diwrnod hwnnw, pan oedd y pedwar yn deulu. Cofiodd am Gwen prin yn ddeg oed ac yntau bron yn ddeuddeg ar wyliau yn Florida. Gwen yn mynnu cael tedi arall, er nad oedd angen rhagor o deganau arni, a'i thad yn prynu'r tedi mwyaf iddi er mwyn ei thawelu. Edrychodd ar wyneb ei fam, a'i llaw yn browd ar ei ysgwydd, a'r pedwar ohonyn nhw'n gwenu am fod yr haul yn braf a'r byd yn berffaith.

Ailosododd y llun yn dawel yn ôl yn ei le.

Syllodd eilwaith ar Gwen. Gwelodd grac o dynerwch yn ei llygaid. Roedden nhw'n arfer bod yn gymaint o ffrindiau.

'Galli di weud wrtha i, os ti moyn. Galli di siarad â fi.' Disgwyliodd ei chlywed yn gweiddi arno unwaith eto. Disgwyliodd rhyw brotest arall. Ond trodd ei chwaer fach ato, aeth i eistedd wrth ei ymyl ar ochr y gwely, a dechrau crio.

'Hei, c'mon nawr. Dyw pethe ddim mor wael â 'na,' mentrodd.

'Odyn, Iwan, ma nhw. Ma popeth yn shit. Fi 'di cawlo'r blydi lot.' Gadawodd i'r dagrau lifo dros ei bochau.

'Sdim ots, oes e? Ma pawb siŵr o fod wedi hen anghofio am —'

'*Bull*!! Sneb wedi anghofio am ddim

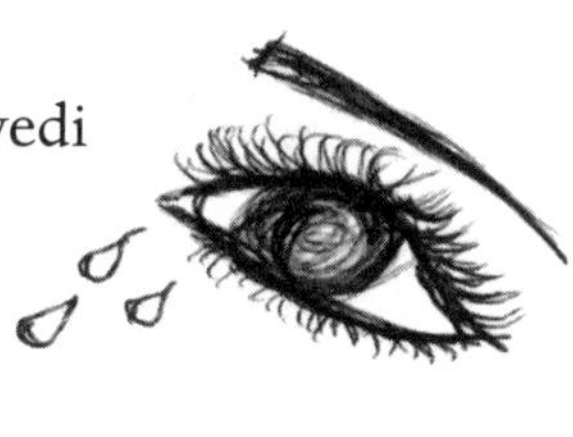

byd. Sneb wedi anghofio. Bob tro fi'n cerdded lawr y coridor, fi'n gwbod bod nhw i gyd yn siarad am —'

'Hei, dere. Be sy 'di digwydd i'r Gwen "sai'n becso dam"? Be sy 'di digwydd i'r hen Gwen, e? Dim ti yw'r unig un sy 'di hala *nudes*. Diawch, ma bois i gyd yn neud e. Wel, ti'n gwbod be fi'n feddwl. Ma fe'n rong, fi'n gwbod, a sa *i'n* neud e, ond… wel, mewn mis, blwyddyn…'

'Ie, yn hollol, mewn mis, blwyddyn bydd llunie fi dal mas 'na, dal yn mynd rownd. A ma Mam yn meddwl bo' fi'n frwnt, yn tsiep, a ma Dad yn meddwl bo' fi ddim yn Princess iddo fe ragor. Ma nhw hyd yn oed yn diforso achos fi.'

'Nag y'n, Gwen. Dim o dy achos di ma nhw'n gwahanu, Gwen fach.' Gosododd ei fraich yn dadol dros ysgwydd ei chwaer. 'Ma Dad a Mam, wel, ti'n gwbod, ma nhw 'di tyfu ar wahân ers blynyddoedd.' Cydiodd yn y ffrâm eto, syllodd yn hir arno. 'Drycha, y *good old days*… Ond dim ond esgus bod yn hapus o'n nhw fan hyn, rhywbeth i ni o'dd y gwylie. Rhywbeth i ni o'dd pob gwylie, er mwyn… o sai'n gwbod, er mwyn esgus bod popeth yn ocê. Do'dd dim byd mwy na bach o *chewing gum* yn dala nhw 'da'i gilydd hyd yn oed bryd 'ny.'

'Sai moyn bod fel hyn.'

'Fi'n gwbod Gwen, fi'n gwbod.'

'Fi moyn mynd 'nôl i fel o'dd pethe cyn… cyn…'

'Nawr c'mon. Dere!'

'Sdim un ffrind 'da fi. Ti'n gwbod 'na?'

'Wrth gwrs bod e.'

'Nag oes, dim rili. Alla i ddim eu goddef nhw eniwei. Ma nhw gyd yn siarad amdana i tu ôl i 'nghefen i,' meddai wrth sychu'r colur oddi ar ei hwyneb.

'Wel, ffindia ffrindie newydd 'de.'

'O rili? Dyw e ddim mor rhwydd â hynny, dim i ferched.'

'Wel, galli di hango mas 'da fi a'r bois, os ti moyn.'

'O blydi hel, Iwan, c'mon, a neud beth? Chwarae ffwtbol. *I don't do* ffwtbol. *I don't do* unrhyw beth â gweud y gwir.'

'Hei, dere, siaradwn ni 'da Mam.'

Edrychodd Gwen i fyw llygaid ei brawd – gwyddai yntau go iawn nad oedd fawr o bwrpas gwneud hynny.

'Ble ma Mam?'

'Mae'n chwarae 'da 'i ffôn lawr stâr.'

'*Typical.*'

'Ie fi'n gwbod. Ond falle galla i weud wrthi pa mor... anhapus wyt ti. Falle gallith hi siarad â'r ysgol, hyd yn oed newid ysgol. Diawch, ma digon yn neud hynny. Dwy flynedd fach arall, wel, blwyddyn arall ac fe fyddi di yn coleg – neu beth bynnag ti moyn neud. Hei, nawr c'mon, gwena Gwen. Ie? *Cheeeese*!'

Cododd Iwan oddi ar wely ei chwaer yn obeithiol. Gwenodd Gwen. Gwên ffug. Gwyliodd ei brawd yn diflannu drwy'r drws, ac er iddo addo fyddai pethau yn gwella, gwyddai Gwen mai dim ond *chewing gum* oedd yn cadw ei obeithion yntau gyda'i gilydd hefyd.

Cariad

Cadi: Yo! Efa, fi'n credu bo' fi *in love*.

Efa: Be?

Cadi: *I know*, Mam newydd fod yn siopa yn M and S. Pam sneb 'di gweud wrtha i o'r blân? *Raspberry trifle* – *unbelievable*! Fytes i'r blydi lot fy hunan. Lysh!

Efa: Ha.

Cadi: Na gyd sy 'da ti weud? Ha?? Ti 'di trial e? Gethon ni'r *bread and butter pudding* wythnos diwetha. Neis, ond dim patsh ar y treiffl. Gredet ti byth ond o'n i'n *premature baby*, prin dou bownd. So fi *obviously* yn neud lan am e nawr. Bai Mam.

Efa: Wel, chware teg, mae 'di bod yn aeaf caled. Fi'n trial neud Maths.

Cadi: O! Paid ffwdanu. Fydd e ddim iws i ti *later in life*. Dim ond rhif pin carden fydd ise arnot ti. Falle dim hyd yn oed hwnnw. *Contactless* all the way. Pwy ddiawl sydd ise gwbod am algebra?

Gwen

Edrychodd Mr Llew i fyny ac i lawr y coridor. Roedd wedi penderfynu cyrraedd yn gynnar er mwyn paratoi ar gyfer y wers arsylwi. Roedd y brifathrawes newydd yn awyddus iawn i wneud Taith Ddysgu. Ceisiodd Mr Llew ofyn iddi pa ran o'r wers oedd hi'n debygol o ddod mewn?

'Dim ond deng munud, Mr Llew. Dim byd i boeni amdano. Edrych ar y plant fyddwn ni, nid ar eich dysgu chi.'

Hy! meddyliodd Mr Llew. Gwyddai'n iawn mai dod mewn i gadw llygad arno fe roedd hi. Roedd rhyw ffordd anffodus ganddi, ffordd fyddai'n gwneud iddo deimlo fel rhoi'r ffidil yn y to.

'Blydi fenyw 'na yn busnesa o hyd. Diawch erio'd, pam na adawith hi lonydd i fi glatsho bant â phethe?' sibrydodd dan ei anadl. Trodd yr allwedd i'w ystafell ac roedd ar fin eistedd yn ei gadair, pan sylwodd fod rhyw ddiawl wedi bod yna o'i flaen a thorri un o'r cadeiriau plastig newydd. Dyma'r drydedd y tymor hwn. Ysgydwodd ei ben. Gwyddai na fyddai neb yn cyffesu i dorri'r gadair. Gwyddai hefyd na fyddai neb yn cael cosb am wneud.

Cerddodd rhwng y rhesi. Gwm cnoi. Graffiti. Posteri wedi rhwygo.

'Annwyl brifathrawes,' meddai Mr Llew wrtho'i hun. Diawlodd hi. Pam na fyddai hi'n cymryd mwy o ddiddordeb yn y plant drwg nag ynddo fe?

Tynnodd ei liniadur allan o'i fag. Doedd dim llawer o syniad ganddo sut oedd ei ddefnyddio'n iawn. Gallai droi'r peth mlân. Gallai gymryd y gofrestr. Gallai hefyd anfon e-bost neu ddau. Teams. Oedd, roedd Teams yn ddefnyddiol i ddweud wrth hwn a'r llall o'r Chweched i ddod i'r wers. Ar ôl hynny, doedd Mr Llew yn gweld dim gwerth o gwbwl ynddo – heblaw cuddio cylchoedd coffi ar ei fwrdd.

'O! Mr Llew.' Cododd ei ben o'i fag. Rhegodd dan ei anadl. Gwyddai fod ganddo bum munud dda cyn i'r bws cyntaf gyrraedd. Rhaid mai'r brifathrawes oedd yno. Synnodd. O'i flaen safodd Gwen.

'Diawch erio'd, Gwen achan. Ti'n ocê? Be sy mlân 'da ti? Ti 'di pisho yn gwely a chael cic owt yn gynnar?' Hanner gwenodd cyn sylwi bod Gwen ddim yn chwerthin. 'Diawch, dere mewn, Gwen fach. Heb dy weld di ers sbel. Ti'n ocê?'

Safodd Gwen yn lletchwith. Roedd ei llygaid yn bell.

'Ti moyn siarad? Dere, iste lawr. Trwy'r dydd i gael 'da Mr Llew. *Take a seat*.'

Eisteddodd Gwen – roedd hi yn amlwg ar fin llefen.

'Ti 'di cael brecwast?' Allai Mr Llew ddim meddwl am

gwestiynau gwell a hithau ond yn hanner awr wedi wyth y bore.

'Fi... fi...'

'Ocê, cymer di dy amser. Gallwn ni sorto popeth mas, dim ond iti weud wrtha i be sy mlân. Jiw, ni'n falch i weld ti'n ôl, cofia. Pethe'n go dawel 'ma heb y Drama Queen. Clywed bod ti 'di cael bach o *tough time* yn ddiweddar. Lot yn mynd drwy gyfnode anodd, Gwen fach. Fi'n... Alla i helpu? Beth sy'n poeni ti? Mae'n amlwg bod rhywbeth yn poeni ti.'

Closiodd Mr Llew ati. Gallai arogli ei hanadl. Mentrodd ofyn:

'Nawr, Gwen fach, paid meddwl bo' fi'n *cheeky* ond wyt ti 'di yfed rhywbeth bore 'ma?' holodd Mr Llew yn araf. Gwelodd wyneb Gwen yn disgyn. Llenwodd ei llygaid. Nodiodd yn dawel.

'Ocê, Gwen, popeth yn iawn. Faint wyt ti 'di yfed?' Gadawodd Gwen i'r dagrau ddisgyn un ar ôl y llall. Teimlodd bwysau'r byd ar ei hysgwyddau. Roedd ei phen yn morio a'i stumog yn troi. Allai hi ddim meddwl am ddim. Roedd am i bopeth ddod i stop. Plygodd ei phen yn is.

Holodd Mr Llew, 'Odi'r botel 'da ti?'

Nodiodd Gwen. Nodiodd at ei bag. Yn araf, tynnodd Mr Llew botelaid o fodca ohono. Roedd hi bron yn wag. Twriodd yn ofalus i waelod y bag. Gallai weld pecynnau gwag o barasetamol yno hefyd. Suddodd calon Mr Llew.

'O, Gwen fach...'

Allai Gwen wneud dim ond nodio ei phen yn dawel.

'Sori, syr.'

'Popeth yn iawn, Gwen fach. Gallwn ni sortio... Mowredd dad. Blydi hel! Gad... gad i fi ffonio.'

'NA! Na, syr, peidiwch gweud wrth neb! Bydd Dad yn grac. Fi 'di gadel pawb lawr. Fi 'di...'

'Sdim ise i ti fecso nawr. Ti'n trysto Mr Llew? Wyt ti? Nawr, fi'n mynd i ffonio i weld beth gallwn ni neud i dy helpu di.'

Cododd Mr Llew y ffôn yn bwyllog. Gallai glywed ei galon ei hun yn curo yn ei frest. Ffoniodd y dderbynfa. Dim ateb. Ffoniodd y brifathrawes. Dim ateb. Clywodd leisiau'r bws cyntaf yn cyrraedd a mentrodd yn gyflym i'r coridor.

'Ashton!! ASHTON!! Dere 'ma, gwd boi. Dere glou. CER... Cer i weud wrth rywun i ddod fan hyn NAWR! Glou, cer.'

Rhedodd Ashton nerth ei draed i hôl athro arall, ac un arall, ac un arall.

Diolchodd Mr Llew amdano. Efallai ei fod yn greadur anodd i'w ddysgu, ond roedd werth y byd yn grwn y bore hwnnw.

'Syr, fi'n mynd i fod yn sic...' Cododd Gwen o'i sedd a chwydu'r gymysgedd fodca dros esgidiau gorau Mr Llew.

''Na fe, mas ag e. Mas ag e.' Edrychodd Mr Llew ar ei draed. Llyncodd ei boeri. 'Nawr fi'n credu ffoniwn ni'r ambiwlans, jyst er mwyn neud yn siŵr. Faint wyt ti 'di llyncu? Gwen! Faint wyt ti 'di llyncu?'

Edrychodd un athro ar y llall. Methodd Gwen ateb. Arweiniwyd hi yn dawel ar hyd y coridor ac allan i'r dderbynfa.

Clecs

Cadi: Ti 'di clywed?

Efa: *Pissed apparently.*

Cadi: Pwmpo stumog mas yn A&E.

Efa: *Cry for help*, ynta.

Cadi: Wel sdim ise iti deimlo trueni drosti. Dim ar ôl beth na'th hi i ti a Cai.

Efa: Fi'n gwbod. Sai yn.

Cadi: *Serious issues.*

Efa: Oes, ti'n iawn. Tablets a fodca.

Cadi: Galle hi fod wedi marw.

Efa: DYYY! Ti'n meddwl?? Ie, fi'n credu mai 'na beth o'dd y plan, Cadz.

Cadi: O!

Efa: Mr Llew yn gweud bod ise ffrind arni.

Cadi: Wel, *that's not us*!

Efa: Na, fi'n gwbod, ond sneb arall 'da hi.

Cadi: Hei, *good riddance*! Falle eith hi i ysgol arall. Na, sai'n meddwl. Fydd hi'n iawn. Stumog mas a dechre to.

Efa: Wela i di yn Cof.

Cadi: Ie, rhedeg yn hwyr, dilyn tractor!!!!

Cai

ROEDD Y NEWYDDION wedi mynd ar led fel tân gwyllt. Prin fod drysau'r ambiwlans wedi cau nad oedd ffonau pawb yn rhannu rhyw lun neu'i gilydd o Gwen. Teimlai Efa drueni drosti. Gwyddai nad oedd Gwen yn ferch neis, ond roedd clywed amdani yn y fath stad yn ddigon i bigo'i chydwybod. Roedd naws yr ysgol wedi newid hefyd.

Roedd hi'n egwyl erbyn iddi gael cyfle go iawn i drafod gyda Cadi. Eisteddodd Efa wrth y bwrdd yn tynnu darnau o gaws oddi ar ei phitsa boreol. Doedd dim sôn am Cadi. Rhaid ei bod wedi cael ei chadw ar ôl, meddyliodd Efa. Doedd hi a'r athrawes goginio ddim yn ffrindiau mawr. Rhaid ei bod wedi gorfod golchi'r llestri ar ôl iddi ymdrechu i greu *quiche* neu rywbeth.

'Ti'n iawn?' Roedd Efa wrthi'n cnoi drwy'r caws a hanner y saws ar ei thrwyn, pan glywodd y llais. Cai oedd yno. Daeth i eistedd yn ddifeddwl wrth ei hymyl. Doedd dim sôn am un o'r bechgyn eraill.

'Odw, gwd,' meddai wrth sychu'r bwyd oddi ar ei hwyneb.

'*Long time no see*,' mentrodd Cai. 'Heb weld ti biti'r lle lot.'

'Na. Ti 'di torri dy wallt,' sylwodd Efa. 'Neis!'

'Do, CallmeJeff sy 'di prynu clipers a Mam yn meddwl fydde fe'n syniad da i fi gael *cut*. Safio £20.'

'Waw, ti'n trystio fe? Meddwl bod ti ddim yn ffysd arno fe.'

'Ha, wel, ma fe'n ocê yn y bôn.'

'Ma fe 'di neud gwd job.'

'Wel, ma dwy glust ar ôl 'da fi, felly so fe'n ffôl.'

'Gweld bod ti'n dreifo. Ydy CallmeJeff yn *expert* fan hynny hefyd?' gwenodd Efa.

'Ha! Bach o sbort 'na gyd. Jeff yn meddwl bod e'n F1 driver.'

'Weden i bod tithe'n meddwl bod ti'n un o'r rheini hefyd. Golwg ar diawl ar y cae tu ôl tŷ chi.'

'Pam? Ti 'di bod yn pipo?'

Cochodd Efa.

'Falle bo' fi.'

Gwenodd Cai yn dawel bach iddo'i hun. Ymfalchïodd.

'Galli di ddod 'da fi tro nesa os ti moyn. *Spins* rownd cae. Galla i ddysgu ti. Hen groc yw e, ond ma fe'n mynd fel y boi.'

Gwenodd Efa. 'Ie, ocê, falle ddof i.'

'I ble?' Roedd Cadi wedi cyrraedd. Clustfeiniodd o bell ar Efa a Cai, ac wrth i Cai godi o'r ford a mynd, gwelodd hi ei chyfle.

'Beth sy'n mynd mlân – trafod gyda'r gelyn?'

'So fe'n elyn, Cadi.'

'Py!! Ers pryd?? Odw i 'di colli rhywbeth? Wythnosau,

na cywiriad, misoedd o "Paid hyd yn oed gweud ei enw fe, sai moyn siarad ag e, *I'm broken*, och! Gwae fi"!'

'O! C'mon Cadi. Sai fel 'na.'

'Y! Wyt. WEL?'

'Ni jyst yn byta pitsa, 'na gyd.'

'A??'

'A, wedes i bo' fi 'di gweld e'n dreifo rownd cae tu ôl ei dŷ fe.'

'A???'

'A wedes i falle elen i draw.'

'OMG, pam?'

'Be ti'n feddwl pam?'

'Iawn. Gad e fan'na. Fi'n gwbod bod ti dal yn ffansïo fe. A fi'n gwbod bod e dal yn ffansïo ti, a… Sai'n becso. Fi'n starfo. Ges i 'nghadw mewn 'da Cwci, achos bo' fi 'di bod yn siarad gormod a do, reit, *I confess*, fi fytodd y *cheesecake* o'dd hi'n cadw i ginio. *I know. My bad*. Menthyg, nid dwgyd. Ond o'n i'n starfo ac o'dd hi'n mynd mlân a mlân am fyta'n iach, ac o'n i jyst moyn cymryd yr *edge* off *hunger* fi. Shwt o'n i fod i wbod mai ei *cheesecake* hi o'dd e? O'n i'n meddwl mai rhywun o Flwyddyn 7 o'dd 'di neud e. Diawch, fydden nhw ddim yn colli *chunk* bach… na'th droi'n *chunk* mawr… wel, o'dd man a man i fi fennu'r blydi thing. Ych! Mewn bywyd, sai byth yn dechre rhywbeth dwi ffili bennu… Do'dd e ddim wir yn ffein iawn. Ond wel, o'n i 'di dechre erbyn hynny a do'dd dim troi'n ôl.'

Erbyn i Cadi orffen ei stori roedd y gloch diwedd egwyl

wedi hen ganu. Gwenodd Efa. Roedd bywyd bob amser yn ddwl pan oedd Cadi ynddo fe.

'Reit, wela i di tu fas i'r labs ar ôl Gwydd. Paid gadel fi lawr, reit.'

'Be ti'n feddwl, paid gadel ti lawr?'

'Ti'n gwbod, y *goss* am madam Gwen? *Surely* bydd rhywun mewn fan'na yn gwbod be sy 'di digwydd iddi? *I mean*, so nhw yn Set 1 am ddim byd. Falle af i draw am wâc i weld yr hen Mr Llew... fi yw ei hoff *pupil* e.'

Cerddodd Efa ar hyd y coridor swnllyd. Roedd Cadi a hi wedi eu rhoi mewn setiau gwahanol ac felly gwyddai Efa nad oedd fawr o hwyl i'w gael am y ddwy wers nesaf, tan ginio.

Cyn iddi gael amser i dynnu ei llyfr Gwyddoniaeth allan, clywodd Efa ei ffôn yn ysgwyd. Saethodd ofn i'w chalon. Cofiodd am ei mam. Roedd misoedd o ofidio amdani wedi ei gwneud yn nerfus bob tro byddai ei ffôn yn canu. Ond na. Rhyfeddodd. Cai oedd yno.

5 cae tu ôl tŷ. Dere â helmet ;)

Trodd stumog Efa. Gwir. Doedd yr amser i faddau iddo ddim yn berffaith. Ond wedyn, efallai fod amser ei hun wedi newid pethau. Doedd hi ddim yn teimlo dim am Gwen ac anturiaethau'r gusan. Â hithau bellach yn yr ysbyty, allai deimlo dim mwy na thrueni drosti. Roedd hi'n amlwg mewn lle tywyll, ac un am sylw fuodd hi erioed.

Dim ond ffrindiau oedd hi a Cai. Ffrindiau. Ond falle...

Symud

'CAI? MA 'DA fi rywbeth i weud wrthot ti. Dere. Dere i iste.' Roedd llais ei fam yn ddifrifol. Edrychodd yn ddryslyd arni i geisio darllen rhwng y llinellau.

'God, Mam, beth sy'n bod?'

Eisteddodd Cai ar ochr y soffa. Roedd ei galon yn nhwll ei wddf. Edrychodd i fyw llygaid ei fam, a dychmygu'r gwaethaf. Rhaid ei bod yn sâl, rhaid bod rhywbeth wedi digwydd i'w frodyr, rhaid bod... o gornel ei lygad gwelodd Jeff. Roedd e hefyd wedi torri ei wallt. Safodd yn ei slipers benthyg yn wên o glust i glust.

'Ma Jeff... ma Jeff, wel, dwi 'di gofyn i Jeff i symud mewn.'

'O, diolch byth...' Anadlodd Cai â rhyddhad. 'Diawch, Mam, peidiwch â neud 'na i fi. O'n i'n meddwl bod rhywbeth yn bod arnoch chi. *That's it*?' Syllodd Cai ar wyneb y ddau. Arhosodd am ymateb. Jeff roddodd hwnnw.

'Well yes, young man, I had asked your mother to marry me, I know it's sudden. But when you know, you know,' meddai Jeff gan ddal llaw ei fam yn dynn. Syllodd i'w llygaid. Cyn gwenu. *'But no; fair play, your mother, being the sensible one,*

wanted some time to think it through, so I'm moving in, on a trial basis, only if that's OK with you, young man. I understand this is a delicate move, and I want you both to be happy, but, well, your mother is a wonderful woman, and I love her very much… and… I understand that your dad is your dad and I don't want to take his place —' Browlodd Jeff yn ddiddiwedd.

'Jesus, Jeff!' mentrodd Cai. *'Yes, it's fine, I get it. I don't mind. If you make Mam happy, then I'm happy.'* Lledodd gwên arall dros wyneb Jeff. Roedd sbarc bach yn llygaid ei fam hefyd. Hen sbarc, nad oedd wedi ei weld ers achau. Ond sobrodd Cai. *'But please,'* meddai, *'can I have my slippers back?'*

Chwarddodd y tri mewn rhyddhad. Roedd Cai wedi twymo at yr hen CallmeJeff. Doedd e ddim yn berffaith, nag oedd. Doedd e ddim hyd yn oed yn berchen ar ei slipers ei hunan. Ond roedd e'n gwneud ei fam yn hapus. Prin y clywodd hi'n diawlio ei dad. Prin y gwelodd hi'n feddw. Prin hyd yn oed iddi fynd yn ddi-stop ar y peiriant rhedeg. Oedd, roedd hi fel petai'n gysurus gyda Jeff, a phwy a ŵyr, efallai byddai Jeff yn ddigon da iddi wedi'r cwbwl.

Car

Osian: Mynd am *run* lan y mynydd. Hanner awr? Dof i draw.

Cai: Sori boi, fi ffili.

Osian: Pam? Beth ddiawch sy 'da ti i neud?

Cai: Cem. Ffiseg.

Osian: *What*?? Ti'n dost?

Cai: Fory. Bydda i 'da ti fory.

Osian: Iawn. Af i rownd y cae rygbi am bach 'de.

Celwydd gwyn. Celwydd golau. Gwyddai Cai hynny, ond rywsut neu'i gilydd, teimlodd y byddai Efa yn siŵr o ddod heno. Gwisgodd ei siwmper a gwasgu persawr drosti. Cydiodd yn ei got a gweiddi ar ei fam:

'Fi'n mynd mas am sbin rownd cae. Fydda i ddim yn hir.'

'Cymer di ofal nawr, reit. Dim gormod o sbîd.'

Taniodd yr injan a gosod y car yn araf mewn gêr. Roedd y dydd yn ymestyn a theimlai fod y gwanwyn ar y ffordd. Roedd hi bron yn bump o'r gloch, ac er nad oedd e'n gwylio'r cloc, ysai i weld Efa. Ysai i gael esbonio iddi go iawn. Ond doedd e ddim am godi hen grachen chwaith. Efallai doedd dim angen iddo ddweud dim. Roedd amser yn beth rhyfedd, medden nhw, a phwy a ŵyr...

Edrychodd eto ar ei ffôn. Edrychodd i weld lle roedd hi ar ei Maps. Ond cyn iddo gael amser i weld, roedd Efa wrth y drws.

'Hei, anghofies i fy helmet.'

'Ha, paid becso. Ti moyn dysgu dreifo?'

Ond gwyddai Efa ddigon yn barod. Roedd ei chefndryd yn byw ar fferm, a'r haf llynedd, a dim byd gwell ganddyn nhw i'w wneud, dysgodd ei chefnder iddi yrru popeth ag olwynion. Roedd hi'n bencampwraig ar wthio whilber erbyn y diwedd hefyd.

Eisteddodd Efa yn ffug ddiniwed y tu ôl i'r llyw.

'Reit, gynta,' dechreuodd Cai. 'Rhaid iti tsieco bod ti mas o gêr. Wedyn... 'na ti. Ar ôl hynny, ma ise iti droi'r allwedd... fel'na... 'na ti... wedyn...'

Ond doedd dim wedyn. Gosododd Efa'r car bach mewn gêr a bant â hi ar garlam i lawr y cae. O fewn eiliadau roedd hi wedi bwrw'r pedwerydd gêr ac yn hedfan o amgylch y cae, gan adael Cai yn cydio'n dynn yn handlen y drws.

'Mowredd, fenyw! O'n i'n meddwl... dal sownd!'

Neidiodd y car bach dros un twmpath ac un arall. Chwarddodd Efa. Roedd wrth ei bodd. Gwasgodd ychydig eto ar y sbardun a thasgodd y car o amgylch y goeden ganol cae. Carlamodd y car fel rhywbeth gwyllt ac Efa yn cydio'n dynn yn yr olwyn lywio. Gwelodd y nodwydd ar y cloc yn cynyddu. Teimlodd yn gartrefol iawn wrth droi a chyflymu. Daliodd Cai yn dynn o hyd. Trodd Efa gyda'r clawdd a dod i stop jyst cyn cyrraedd yr afon fach.

'Ha! Ho! Bly-di hel, Efa!'

Chwarddodd y ddau mewn rhyddhad o gael cyrraedd stop.

'Pam 'set ti 'di gweud bod ti'n gallu dreifio?'

'Wel, fydde ddim esgus i ddod mas wedyn, fydde fe?'

'Diawch, o't ti'n mynd yn ffastach na fi.'

Ysgydwodd ei ben a chwerthin. Ond yna disgynnodd tawelwch lletchwith dros y ddau. Tynnodd Efa ei llaw oddi ar y llyw. Esgusodd Cai dynnu dwst oddi ar sil y ffenest. Ond roedd Efa wedi gweld ei eisiau yn fawr. Trodd i'w wynebu. Gallai wynto ei bersawr, ac yn sydyn, heb yr un rhybudd, cydiodd yn ei siwmper. Tynnodd e tuag ati a heb feddwl ddwywaith, cusanodd e. Cusan hir. Cusan mwy na ffrindiau. Methai Cai gredu'r peth. Lledodd gwên anferth dros ei wyneb.

Ond cyn i Cai gael amser i ddweud dim, roedd Efa wedi aildanio'r car ac yn mynd fel y diawl am y gât ben pella'r cae. Rasiodd y car bach o un pen o'r cae i'r llall. Teimlodd y ddau gymysgedd o gyffro ac adrenalin.

'O'n i ddim yn gwbod bod ti'n dreifo fel *nutter.*'

'*Nutter*? Fi?' cellweiriodd Efa. Gyrrodd o amgylch y clawdd. Gallai fod wedi rhoi plwc i'r handbrec, ond efallai fod hynny'n gam yn rhy bell am heno. Yn raddol daeth i stop. Diffoddodd Efa'r injan. Tynnodd y gwregys oddi amdani cyn diflannu'n sydyn. Teimlodd Efa mai gwell oedd gadael i bethau fod. Cerddodd oddi yno gan obeithio yn mhwll ei stumog y byddai Cai yn ei dilyn.

'Hei, ble ti'n mynd?'

Gallai Cai weld cysgod Efa yn diflannu'n dawel dros y gât i'r hewl. Methai ddeall. Un funud roedd y ddau'n chwerthin a chusanu, a'r funud nesaf, roedd hi'n mynd. Roedd yn rhaid iddo ei stopio. Neidiodd o'r car a rhedeg ar ei hôl.

'Efa! Hoi, Efa. Efa, aros achan!! Ble ti mynd?'

Erbyn iddo ei chyrraedd allai feddwl am wneud dim ond ei stopio rhag mynd ymhellach.

'So?'

'So beth?'

'So, meddwl o'n i, pwy ddysgodd ti i ddreifo?'

Chwarddodd Efa. 'Rili? Dyna be ti moyn gwbod?'

Ysgydwodd Cai ei ben.

'Na.'

'Na. O'n i ddim yn meddwl mai 'na beth o'dd ar dy feddwl di.'

'Na, ti'n iawn. Dim 'na be sy ar fy meddwl i.'

Teimlodd Cai don o swildod. Cydiodd yn ei llaw. Roedd

wedi breuddwydio am wneud hynny ers misoedd. Cael mynd 'nôl i'r man cyn i Gwen sarnu'r cwbwl.

'Gwranda,' dechreuodd Cai, cyn i Efa dorri ar ei draws.

'Ges i decst wrth Gwen. Wedodd hi wrtha i beth na'th hi noson y parti.'

'Ddigwyddodd ddim byd, wir i ti. O'n i jyst yn *pissed* ac fe dowlodd ei hunan... Ie, fi'n gwbod bod e'n swno'n dwp ond...'

'Do, fi'n gwbod. Wedodd Gwen wrtha i. Wedodd hi'r cwbwl, ei bod hi'n grac 'da fi am weud wrthi am y *nudes* ac am fod pawb yn chwerthin am ei phen hi. A wel, os nad oedd hi'n hapus, doedd hi ddim am i neb arall fod yn hapus chwaith.'

Nodiodd Cai. Syllodd i fyw ei llygaid. Roedd hi'n dlws. Roedd hi'n berffaith.

Gwasgodd Efa yn dynn ato, roedd e wedi gweld ei heisiau gymaint.

Ailgydio

Cadi: Be ti'n feddwl, ni'n ôl?

Efa: Cai.

Cadi: Ti'n tynnu 'nghoes i. Ers pryd, shwt, ble? 5Ws – *Who, what, when, where, why*??? Ffili credu hyn. Gadwest ti hwnna'n dawel.

Efa: Newydd ddigwydd. Dim byd i'w ddweud rili.

Cadi: Efa, fi yw dy ffrind gore di. Os oes manylion, wel ma rhaid i fi gael gwbod.

Aros funud, fi ar hanner bocs o Häagen-Dazs choc chip. Fi'n mynd i slipo lawr stâr a rhoi'r clawr 'nôl arno.

Dropo fe off yn y *freezer*, sai moyn sbwylo'r foment. A *realistically*, bydd e 'di toddi erbyn bennu di'r stori, so –

Reit, cer mlân, fi'n glustie i gyd.

Gair

'Mr Llew, alla i gael gair?'

Drannoeth yn yr ysgol, roedd y brifathrawes yn barod am waith.

Blydi hel, meddyliodd Mr Llew. Beth ddiawl mae hon moyn eto?

Dilynodd hi'n dawel i'w swyddfa. Cynigiodd sedd iddo wrth y ford fawr.

'Eisteddwch plis!'

Corddai bola Mr Llew. Cafodd ôl-fflachiad o'r tro diwethaf iddo eistedd gyferbyn â hi.

'Mr Llew,' dechreuodd a chlirio ei gwddf yn anesmwyth. 'Ddoe. Y digwyddiad gyda Gwen. Gwen Jones. Licen i... licen i ddiolch i chi am eich gwaith, am y ffordd wnaethoch chi ddelio â'r cwbwl. Mae'n amlwg bod Gwen yn ferch sydd â thipyn yn ei phoeni ar hyn o bryd.'

Plygodd Mr Llew ei ben. Allai ddim credu yr hyn roedd yn ei glywed. 'Diolch?'

'Mae'r rhieni'n dweud eu bod yn ddiolchgar iawn am eich cymorth, ac mae'r ysbyty yn ddiolchgar hefyd am i chi gymryd y camau cywir. Diolch i Dduw bod dim niwed hirdymor i iechyd Gwen. Fe ddaw drwy hyn.'

Nodiodd Mr Llew.

'Wel, ie, un fach fel'na fuodd Gwen erioed. Wy'n ei chofio ym Mlwyddyn 7. Dim *half measures.*' Nodiodd y brifathrawes gydag e. Ystwythodd Mr Llew yn ei sedd. Sychodd ei bawennau chwyslyd ar ei bengliniau.

'Cri am help, yndyfe? Mam a dad yn gwahanu, plant yn tyfu lan yn rhy ffast. Neb moyn gwrando arnyn nhw,' meddai wedyn wrth blethu a dadblethu ei freichiau.

'Ond fe wnaethoch chi wrando, Mr Llew, fe wnaethoch *chi.*' Teimlodd Mr Llew lwmp yn ei wddf. Roedd gweld Gwen yng nghefn yr ambiwlans heb neb wrth ei hochr heblaw amdano fe ei hun, yn ei lenwi â thristwch.

Rhesymodd.

'Am fyd! Croten un ar bymtheg oed yn meddwl bod ateb i bopeth wrth yfed botel o wenwyn ar ei phen a llyncu dwsin o dabledi.'

Doedd e ddim yn disgwyl i'r brifathrawes ddeall. Roedd hi'n cyfri canlyniadau cyn cofio mai plant oedd wir yn cyfri.

Pwysodd y brifathrawes ymlaen yn ei sedd. Gwyddai Mr Llew fod mwy i ddod. Diolch yn gyntaf ac yna ar ôl ei seboni...

'Mater bach arall ro'n i am drafod, tra eich bod chi yma, Mr Llew. Mater bach o'r wers.'

'Pa wers?'

'Y Daith Ddysgu, Mr Llew. Roedden ni wedi cytuno dod i'ch gweld ddoe yn dysgu, do?'

‘Ond, wel, ro’n i gyda Gwen.’

‘Wrth gwrs, wrth gwrs, ac fel ddwedais i, rydyn ni fel ysgol yn ddiolchgar iawn i chi am hynny, ond wel… Popeth yn iawn i fi ddod draw i’ch gweld heddi? Cyn egwyl efallai? Blwyddyn 8. Ie, yr enwog Blwyddyn 8. Lot yn cael ffwdan disgyblu Blwyddyn 8, ac felly er mwyn cynnig – beth yw’r gair – ‘cefnogaeth’ i chi, fel gweddill y staff, rydyn ni wedi penderfynu aildrefnu pethau am heddi. Allwch chi ddod â’u llyfrau mewn erbyn cinio? Chwarae teg, rydyn ni fel Uwch Dîm Rheoli yn ceisio bod yn hyblyg.’

Methai Mr Llew gredu ei glustiau. Roedd y fenyw hon moyn eu llyfrau? Prin ei fod wedi cysgu winc neithiwr o ofidio am Gwen. Prin iddo gael amser i anadlu heb sôn am farcio llyfrau na threfnu gwers i’w harsylwi.

Datododd cwlwm ei freichiau unwaith yn rhagor. Sychodd eilwaith ei bawennau ar ei drowser. Cododd Mr Llew yn bwyllog ar ei draed. Roedd e wedi ystyried beth oedd e am ddweud wrthi droeon. Teimlodd mai dyma’r amser gorau iddo ddweud ei ddweud. Carthodd ei wddf. Sychodd y chwys oddi ar ei dalcen.

‘Mrs Jones, wy ’di bod yn meddwl…’

Cododd hithau ei golygon o’r sgrin ar ei desg.

‘Bydda i’n ymddiswyddo ddiwedd y tymor hwn. Ry’ch chi wedi treial cael fy ngwared i sawl gwaith, ac felly, wy ’di penderfynu mai digon yw digon. Ma bywyd yn rhy fyr, Mrs Jones. Gallwch chi stwffio’ch Taith Ddysgu. A gallwch chi stwffio’ch marcio.’

Roedd Mr Llew wedi cyrraedd y pen. Llyfodd ei weflau sych.

'Mr Llew, does dim angen ichi wneud hynny. Does dim angen gorymateb. Mae beth ddigwyddodd i Gwen yn amlwg wedi'ch ypsetio.'

'Ypsetio?' chwarddodd Mr Llew yn drist dan ei anadl. Roedd y fenyw hon fel carreg.

'Na,' mentrodd Mr Llew wrth ysgwyd ei ben. 'Wy'n mynd yn rhy hen i hyn. Dysgu? Dim ond stwffio rhyw fanylion dibwys lawr eu gyddfau nhw ni'n neud. Ac i beth? I beth?'

Meddyliodd am Gwen ac yntau yn aros i'w rheini gyrraedd, a'r un o'r ddau am gymryd cyfrifoldeb am ei gyrru i'r fath stad yn y lle cyntaf. Cofiodd am ei thriniaeth yn yr ysbyty. Gwelodd bopeth erbyn hyn drwy bersbectif arall.

'Wy'n gwbod beth ma nhw'n weud amdana i yn y staffrwm. A chi'n gwbod beth? Sai'n becso taten! Bydda i'n galw i weld Gwen heno ar ôl ysgol. Mae ei thad yn hapus i fi neud hynny.'

Synnodd y brifathrawes. Llyncodd ei phoer.

'Nawr, arhoswch Mr Llew, wir. Mae'ch ffordd chi a'n ffordd i yn wahanol iawn. Ond efallai 'mod i wedi'ch camddeall chi. Mae'r disgyblion yn amlwg yn ymddiried ynddoch chi. Yn eich gweld chi fel clust i wrando. Peidiwch â mynd o'm hachos i, Mr Llew. Ailystyriwch y peth. Does dim hast. Ac fel ddwedoch chi, Mr Llew, mae'n hen fyd digon rhyfedd.'

Ond roedd Mr Llew wedi mynd yn hen dros nos.

'Meddyliwch am y peth, Mr Llew.'

Llusgodd ei hun drwy'r drws a'i gau yn dawel bach ar ei ôl.

Cymodi

Safodd Cai ac Efa ar stepen y drws am amser hir. Roedd y blodau yn llaw Efa a'r bocs siocledi yn llaw Cai. Doedd yr un o'r ddau yn siŵr iawn beth oedd y peth gorau i'w ddweud wrthi. Efallai y dylen nhw adael y cyfan â llythyr bach yn esbonio pwy a'u danfonodd? Na, roedd hi'n rhy hwyr i hynny.

Pan agorodd y drws, safodd Iwan yn welw o'u blaenau. Gallen nhw weld bod gofid wedi gadael ei ôl arno. O'r tu cefn iddo daeth llais Mr Llew yn dweud ffarwél.

'Wel, 'na fe, os bydd 'na rywbeth, jyst rhowch wybod. Ma Gwen yn ddisgybl disglair. Bydd hi'n ôl ar ei thraed mewn dim, a *look out* fydd hi wedyn. Cofiwch, ma 'nrws i ar agor unrhyw amser. Gwen? Ti'n clywed?'

'Shw' mae, syr?' holodd Efa.

'Efa. Cai. Neis eich gweld chi. Falch bod chi 'di dod. Ma Iwan, chwarae teg iddo fe, yn tendo ar ei chwaer fach. Reit, gwd nawr. Wela i chi fory.'

Arferai Mr Llew wisgo'i siwt ym mhob tywydd. Rhyfedd oedd ei weld mewn jîns a threinyrs. Gwenodd Cai ar Efa.

'Arwr!' meddai Cai wrth ei weld yn plygu i'w gar.

Roedd Mr Llew wedi gofyn iddyn nhw alw. Meddyliodd y byddai hynny'n gwneud lles i Gwen. Roedd yn anodd ganddyn nhw wrthod cais Mr Llew.

'Dewch mewn. Dewch mewn. Bydd Gwen yn falch i'ch gweld chi,' meddai Rhun, tad Gwen, yn dawel.

Teimlodd y ddau yn lletchwith wrth edrych arni, Gwen fach. Heb golur na dim. Roedd ei gwallt wedi ei dynnu'n ôl a'i chroen yn welw wyn. Trodd yn ei chornel ar y soffa, ei llygaid yn gymysgedd o ddagrau a chywilydd.

'Fyddwn ni ddim yn aros yn hir,' esboniodd Efa. 'Jyst dod i weud... ym... bod ni'n meddwl amdanot ti, a gobeithio bod ti'n teimlo'n ocê?'

'Ma blode i ti. Sai'n gwbod os wyt ti'n lico nhw. A sioclets,' meddai Cai, a'i lais yn ansicr.

Roedd tad Gwen yn falchach o'u gweld na neb arall. Iddo yntau, roedd rhyw gysur mewn meddwl bod gan ei ferch fach ffrindiau. Doedd ei mam ddim yno. Roedd hi wedi mynd mas am wâc tra bod tad Gwen yn y tŷ. Allai hi mo'i stumogi.

Eisteddodd Iwan wrth ymyl ei chwaer.

'Steddwch, steddwch! Chi moyn te? Coffi?' cynigiodd y tad.

'Na, na, jyst dod i weld Gwen. Shwt wyt ti, Gwen?'

Ond methodd Gwen ddweud gair.

'Gethon ni bach o ofan pan glywon ni. Wel, ta beth, ti'n edrych yn dda.'

Roedd y lliw wedi golchi ohoni. Doedd hi ddim yn edrych yn dda.

'Jyst meddwl pan fyddi di'n dod 'nôl i'r ysgol allet ti ddod rownd 'da Cadi a fi os ti ise. Dim ond os wyt ti ise, cofia. Sdim hast. Pan fyddi di'n barod i ddod 'nôl, yndyfe.'

'Pawb yn cofio atot ti,' dechreuodd Cai, ond roedd llygaid Gwen ar goll i gyd. Edrychodd yn nerfus ar ei thad.

'Fydd hi ddim yn dod 'nôl i'r ysgol,' mentrodd Iwan. 'Fydd yr un ohonon ni'n dod 'nôl. Ma Mam a Dad yn... gwahanu ac o dan yr amgylchiadau ma Dad yn meddwl bydde fe'n well i ni symud ato fe, lawr i Gaerdydd. Ma Mam yn... hapus i ni fynd.'

'Dechre newydd,' mentrodd y tad.

'O, do'n i ddim yn sylweddoli,' dechreuodd Cai.

'Na. Bydd Mam yn aros 'ma, ac fe fyddwn ni'n... mynd 'da Dad.'

'Na, Iwan, fydd dy fam ddim yn aros 'ma. Ry'n ni'n gobeithio gwerthu'r tŷ. Bu'n gartre da i ni fel teulu, ond wel, ma pethau'n wahanol nawr on'd y'n nhw, blant?' Syllodd Iwan fel delw. Byddai'r newid yn newid iddyn nhw i gyd. Ofnai'r newid.

'Dere nawr, Gwen.' Pwysodd ei thad arni i godi. Roedd yn amlwg bod Cai ac Efa wedi aros yn rhy hir. 'Rho gwtsh gwd bei i dy ffrindie. Sdim bai arnoch. Chware teg i chi am alw heibio. Fyddwn ni'n mynd peth cynta bore fory. Dechre ysgol wythnos nesa, cyfle i ganolbwyntio ar waith ysgol. Canlyniadau. Cyflawni rhywbeth. Prifysgol wedyn, swydd deidi, gyrfa dda. Sdim iws gofidio am bethe bach. Trefn. Dyna be sydd ise, yndyfe, Gwen? Dyw gormod o ryddid yn neud lles i neb.'

Nodiodd Gwen a chododd dan lygad barcud ei thad. Cododd Efa hefyd. Teimlodd freichiau tenau Gwen yn cydio amdani. Cwtsh boenus. Llipa o boenus a'r llinellau ar ei breichiau fel bariau i'w charchar.

Gwyddai Cai ac Efa nad oedd croeso iddyn nhw aros yn hirach. Symudodd y ddau yn araf am y drws a gwylio Gwen fach yn pylu dan lygaid taran ei thad.

Gadael

Cadi: *What the…* Mae'n gadel? Ti'n jocan. *Ding Dong, the witch is dead.*

Efa: Paid, reit. O'dd trueni 'da fi drosti. Rial drueni.

Cadi: Wastad trueni 'da ti.

Efa: *Jog on* 'de, reit. Fi'n meddwl e. Ro'dd e'n rili sad.

Cadi: Sori. Fi'n gwbod. Jyst jocan o'n i. C'mon, tynnu coes… So beth yw trefn fory?

Efa: Wel, ma Mam a Dad a Siriol yn mynd lawr pnawn 'ma yn barod i'r ras. Fi a Cai yn mynd lawr peth cyntaf yn y bore – dechre am chwech, rhag ofn fyddan nhw'n cau'r hewlydd. Jeff yn dreifio. Fyddwn ni'n ôl tua pump, siŵr o fod, so dere draw â dy lyfr Maths ac fe ewn ni drosto fe 'da'n gilydd.

Cadi: Waw, so ma fe *actually* yn mynd i redeg e?

Efa: Rhedeg, cerdded. *Jeffing* wedodd Jeff ti'n galw fe. Bydd e'n iawn. Digon o jels, digon o ddŵr. *Nipple cream* rhag tsieffo. Ffili aros.

Cadi: O, Efa, fi mor falch. Bydd dy dad yn grêt. Hanner marathon. Waw.

Efa:. Fyddwn ni'n aros iddo ar y diwedd. Dad yn nerfus, cofia. Achwyn am ei hip bob cyfle. Ond 'na fe, unrhyw beth o dan ddwy awr a hanner a bydd e'n bles.

Cadi: Dwy awr a hanner?? Mowredd, fydden i'n dal wrthi mewn mis.

Efa: Ma fe 'di treial treino a 'di cael pâr o dreinyrs newydd. Ddyle fe fod yn iawn. Ma fe'n benderfynol i neud e er mwyn Mam.

Cadi: A ti?

Efa: Beth amdana i?

Cadi: Bihafia dy hunan nawr.

Efa: Be ti'n feddwl, bihafia dy hunan?

Cadi: *Sleepover* ar soffa Cai!!!???

Efa: Fi wastad yn bihafio fy hunan.

Cadi: Pa! Ie, reit. Nos fory – a fi moyn gwbod POPETH, reit?!

Chwarddodd Efa iddi hi ei hun. Diffoddodd ei ffôn. Diolchodd am ffrind fel Cadi. Ffrind y gallai ddibynnu arni'n llwyr. Gallai glywed bwrlwm ei mam a'i

thad yn llwytho'r car yn barod i fynd. Clywodd Siriol fach yn chwerthin, a chyfarth Myfanwy...

Oedd. Roedd pethau'n gwella bob dydd. Popeth yn dod i'w le. Ac ie, roedd yn swyddogol. Roedd gan Efa sboner eto a'i enw oedd Cai.